JN188273
竹書房

文豪は鬼子と綴る

嗣人
つぐひと

目次

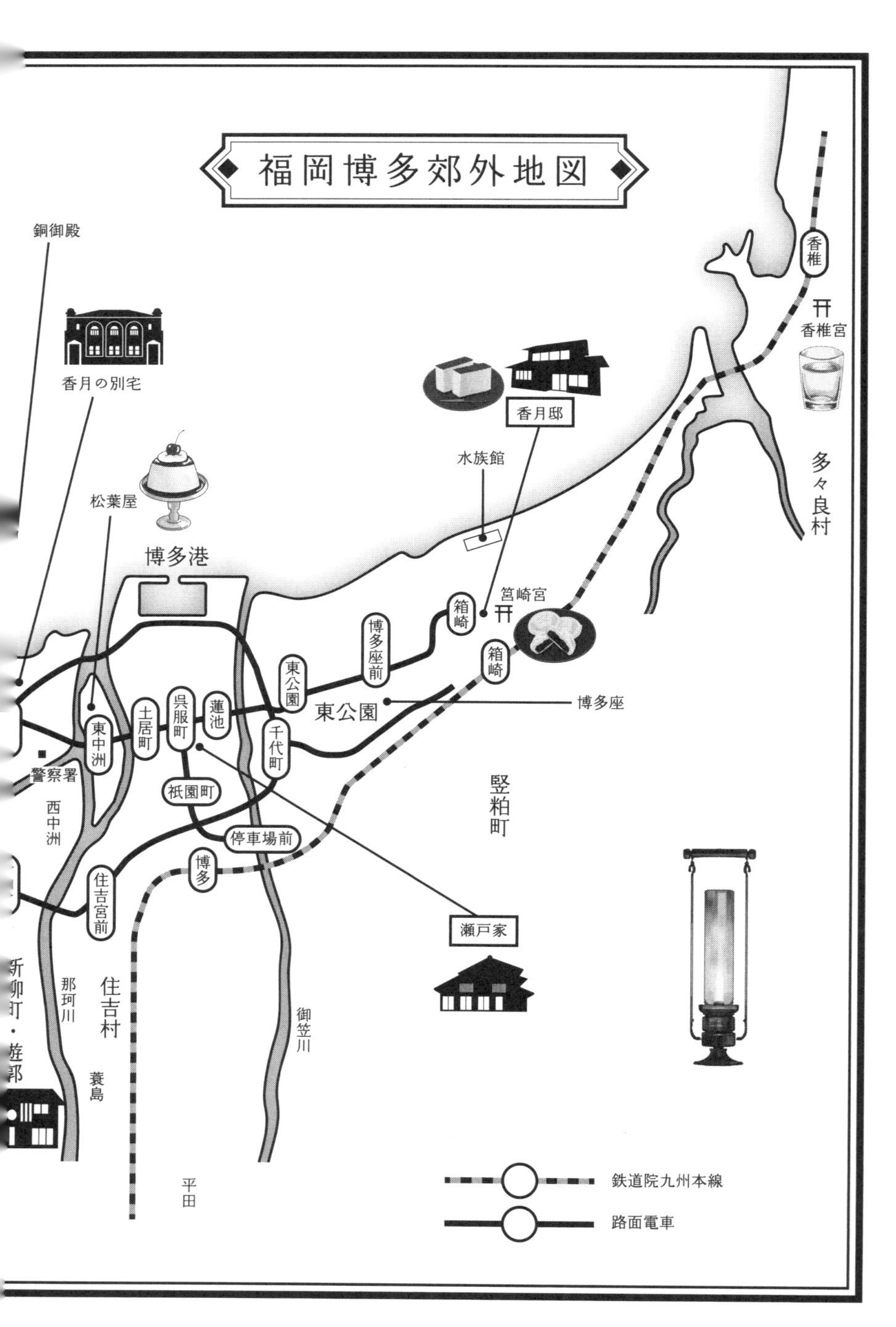
福岡博多郊外地図
銅御殿
香月の別宅
松葉屋
博多港
香月邸
水族館
香椎
香椎宮
多々良村
筥崎宮
箱崎
博多座前
東公園
博多座
蓮池
呉服町
土居町
東中洲
千代町
警察署
西中洲
祇園町
竪粕町
停車場前
博多
住吉宮前
瀬戸家
那珂川
住吉村
御笠川
蓑島
平田
鉄道院九州本線
路面電車

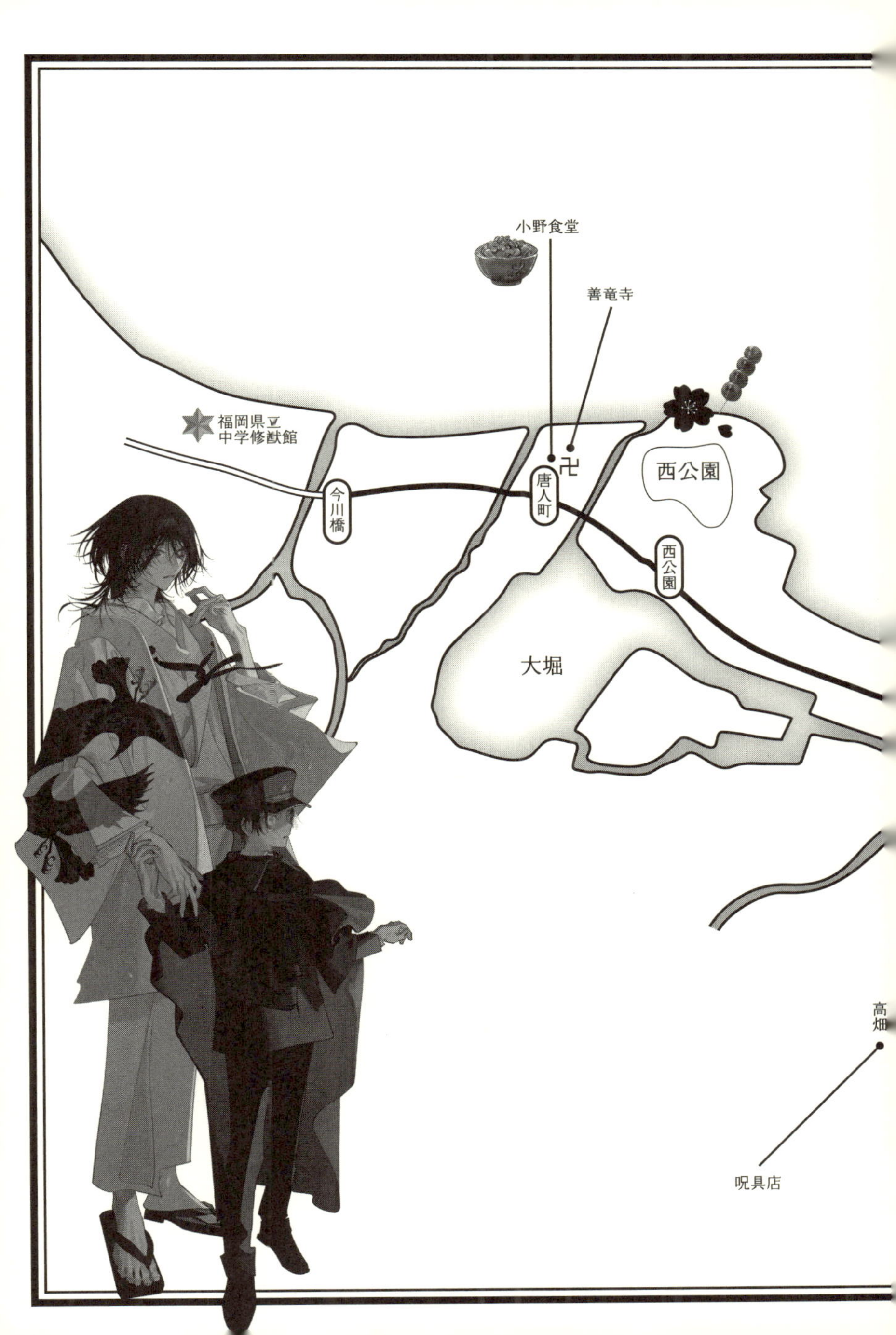
小野食堂
善竜寺
福岡県立
中学修猷館
今川橋
唐人町
西公園
西公園
大堀
高畑
呪具店

装画　ホノジロトヲジ
装幀　坂野公一＋吉田友美（welle design）

文豪は鬼子と綴る

序

夕暮れに染まる街。
かつて城があった城下を望む小高い丘に、鞠をつく姉妹の姿があった。
流行り歌を弾むように口ずさんでいる。

一かけ二かけ三かけて
四かけて五かけて　六をかけ
七つのらんかん　こしをかけ
はるか向こうを　眺むれば
十七、八の　小娘が
片手に花もち　せんこもち
お前はどこかと　きいたなら
私は九州　鹿児島の
西郷の娘で　ございます

討ち死になされたとうさまの
お墓参りを　いたします
お墓の前で　手を合わせ
なむあみだぶつと拝みます

妹が取り落とした鞠が苔生した坂道をぽんぽんと跳ねていく。

止まって、と懸命に追いかけても坂の下まで転がり落ちてしまった。

やがて止まった鞠を手に姉を振り返ると、こちらを見ていない。

妹は不満をぶつけようとして、言葉に詰まった。

坂の上で眩しそうに町並みを眺めている。いつも穏やかな笑みを絶やすことのない優しい姉の横顔が、辛く寂しげに見えて声をかけることができなかった。

その視線は茜色に染まる町並みよりも、ずっと遠くを眺めているように見えた。

今にも姉が何処か遠くへ行ってしまうような気がしてならなかった。

しかし、姉はゆっくりと瞼を閉じてから、坂の下にいる妹へ微笑みかける。

千代、と妹の名を呼んだ。

その声は何処か、かつての母の声に似ていた。

優しく温和で誇らしかった、あの頃の母に。

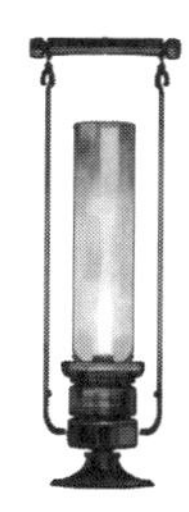

第一章

◆

下弦の月が出ていた。

墨汁を水に溶いて塗り潰したような薄闇の中を、その男は提灯を手に千鳥足で歩いていた。酒臭い息を小刻みに吐きながら、充血した目で辺りを不機嫌そうに睨みつけている。

大工仲間と散々飲んで、河岸を変えようと博多から新柳町の遊郭へ向かうことになったのだが、男だけは手持ちが足らずに同行することが出来なかった。金を貸してくれ、と仲間たちに散々せがんでみたが、返ってくる見込みのない相手に金を貸す人間がいる筈もなく、誰も相手にはしてくれなかった。

薄情な連中だ、と男は道端へ唾を吐く。

仕方なくこうして家路についているが、癇癪は治まりそうにない。いっそ手頃な女でも立っていないか、と視線を巡らせた所で、道の先にいる何かに気がついた。

「ん？」

提灯を翳すと、藪の影に何かが蹲っているのが見える。

白い肌が見えて、怖じけた男の足が止まる。何処からか血腥い、すえた匂いが漂ってきた。

藪の暗がりで大量の蠅が八の字を描いて飛んでいる。

まるで海の潮が引いていくように、酔いが覚めていった。

目を凝らしてみると、薄闇の中に屈んでいたのは一糸まとわぬ若い女だった。青白い肌のあちこちに赤い血を浴びて斑に染まっているが、脇から覗く丸い乳房は提灯の光を弾くほど瑞々しかった。長い乱れ髪の先が地面についてしまっている。

ごくり、と男が生唾を飲み込む。

「なぁ、こげなところでなんばしよるとな。うん?」

そう言って、にやつく口元を隠しもせずに近づいていくと、女が音もなく立ち上がった。にわかにふり向いた女は何も言わずに茫然とこちらを見ている。気がおかしいのか、それとも誰かに襲われでもしたのか。どちらにせよ、今なら好都合だった。

「腹が減ったやろう。俺のうちに来りゃあ、ごちそうば食わしちゃるぞ」

近くで見ればみるほど、健康的な身体つきをしている。男は堪らず、その手を掴もうとして、奇妙なことに気づいた。

女の爪先が地面に触れている。ちょうど一寸くらいの空間を空けて、宙に浮かんでいた。

男が頭を傾げると、女が背負う闇に無数の白い花が浮かんでいた。数え切れない程のそれがこちらへずるりと伸びる。

「なんや、こら?」

怯えるあまり、男の声は短く切ったような高い音にしかならなかった。猿が笑っているような、引きつった悲鳴が闇に響いたかと思うと、提灯が地面に落ちた。

背中を向けて駆け出した男の身体が、鞠のようにぽんと宙へ舞う。高く跳ね上げられた男が虫のように手足をばたつかせて、鈍い音を立てて地面へ落ちた。

「う、うう」

それでも這って逃げようと手を伸ばして、自らの腕が折れ曲がっていることに気がついた。

「あ、ああ」

恐怖に喉が引き攣る。

脳裏を濃い死の影が過った。

どこか見覚えのある女の顔が闇の中に白く浮かんで見えた。

次の瞬間、男の身体が暗い藪の中へと強引に引きずりこまれて消える。枝や地面を蹴る激しい音が暫く辺りに響いていたが、やがて物音ひとつしなくなった。

どれほど時間が経ったろうか。地面に落ちて崩れた提灯の残骸を舐めるように炎が包み込む。返り血で白い身体を一層、斑に赤く汚した女が、その様子を昆虫のような瞳でじっと眺める。やがて燃やすものを失った炎は小さな火となって音もなく消えた。

漆黒の闇の中、獣のように双眸を白く輝かせる女が藪の中へと音もなく去っていく。

ごつり、ごつり、と骨が砕ける音だけが、虚ろな闇に響いていた。

一

世は大正十年、巡る季節は春を迎えたばかりである。とはいえ、桜の時季にはまだ少し早い。博多駅の堂々たる木造駅舎の前、並ぶ梅花の紅白の彩りが行き交う大勢の人々の目を惹く中、一体何事かと好奇の視線がこちらにも注がれていく。

「もう止めてください。何度頼まれようと嫌なものは嫌なのです」

背広姿の大男がまだ十四になったばかりの学生服姿の少年に懇願しているのだから無理もない。当事者の自分でさえ、これは如何なものかと思わずにはおれない。

僕だって相手が父親でなければ、とっくに手を振り払って走り去っているだろう。せっかくの土曜の午後、突然電話で呼び出された時点で断るべきだったと後悔した。

腰を直角に曲げて、つむじがしっかり見えるほど頭を垂れている。父がどれほど真剣か分かろうというものだが、こちらもおいそれと首を縦に振るわけにはいかない。

「頼む。春彦。お前しか父を救える者はおらんのだ」

いつも反り上がっている太い眉が、今日ばかりは垂れ下がっている。たくわえた口髭の向こうの口も、への字となっていることだろう。

「……自分が担当をしている作家の原稿くらい、ご自身で取りに行くべきだと僕は思いますよ、父上」

「お前な。そこはまず『頭を上げてください』という所じゃないか？」

むっつりと唸るようにそう言って父が頭を上げると、熊が立ち上がったのかと錯覚するほど大きな影が差した。

これほど大柄で屈強な肉体の持ち主であるのに、驚くべきことに父は帝国軍人ではない。全国に支社のある大きな出版社で編集の仕事をしている。ペンは剣よりも強し、といつも豪語しているが、日々の鍛錬（たんれん）は欠かしたことがないあたり、ペンよりも拳の方が強いのだろう。

父が具体的にどんなことをしているのか、僕は知らない。しかし、小説の原稿を作家の元へ直接取りに行くというのは重大な仕事であるらしい。締め切りまでに原稿が完成しなければ大事になってしまうことくらい僕にも分かる。

「好んで下げた頭じゃありませんか。場の勢いを借りて自分の思惑を果たそうだなんて。やり方が姑息（こそく）ですね。男らしくないと思いませんか」

「やめろ。正論を突きつけるんじゃない。父が傷ついたらどうする」

どうもこうもないと思う。観念して早々に原稿を取りに行くべきだ。

「春彦（はるひこ）、いいか？　香月（こうづき）先生の今回の新作は何度も電話でのやりとりを重ねて、ようやく出版にこぎつけたんだ。先生は大変気難しい方でな、一度、機嫌を損ねてしまえば二度とうちで本を出してはくださらないだろう」

香月蓮といえば今や知らぬ者のいない文豪だ。デビューしたのは六年ほど前のことだというが、出版された作品は全て高い評価を得ており、未だに発売と同時に重刷がかかるような大作家である。しかし、その素性については一切が不明。表舞台には決して顔を見せず、作家同士の付き合いも皆無だという。その繊細で美しい文体から女性作家なのではないか、という憶測さえまことしやかに語られていた。

実際、級友たちがそういう噂を口にしているのを聞いたことがある。

特に世の女性たちにとって香月蓮の素顔は、そこいらの役者の色恋よりもよっぽど重要なことであるらしい。

数年前に父の勤める出版社、麒麟橋出版社から出した長編小説『うつろわぬ者』が、傾きかけていた会社を救ったのだと父から嫌というほど聞かされたものだ。

しかし、だからといって僕が父の代わりに原稿を取りに行くというのは理屈が通らない。確かに僕は香月某の恩恵を享受していると思うがそれとこれとは話が違う。そもそも大切な作家の原稿を預かるなんて重大な仕事を、中学生に任せようという方がどうかしている。

「嫌です。小説家なんて奇人変人の類いじゃありませんか」

「こら、滅多なことを言うものじゃない」

「どうして父上がご自分で原稿を取りに行かないのですか」

「それが出来たら苦労はせんのだ」

「どういう意味です？」

父は険しい顔にこれ以上ないほど皺を寄せて、苦々しい様子で口を開いた。

「……家を訪ねてみたが、中へ入ることができなかったのだ」

「なんです。禅問答ですか？」

「違う違う。さんざん入口を探し回ったのだが、どうしても見つけられず、結局そのまま引き返す羽目になった」

　家の敷地に入る方法が分からないというのは、なんとも奇妙な話だ。

「今までの打ち合わせはどうしていたんです」

「電話だ。偏屈な方でな。どこかで待ち合わせすることさえ嫌がられるから、ご自宅で話したいと伺ってみたらコレだ。自宅の場所を教えて頂くのも相当苦労をしたんだが、こうなるとどうにもならん」

「では、作家本人には今まで一度も会ったことがないと？　前回、作品を出版する時にはどうしていたんです？　打ち合わせが必要でしょう」

「ある日、出版社へ私宛に送られてきた。あとは電話でのやり取りだけだ。先生は今まで授賞式にさえ出席なさったことはない」

「……その先生、狐狸の類では？」

　僕の言葉を聞いて血相を変えた父が注意深く周囲を見渡す。

「滅多なことを言うものじゃない。先生のファンには過激な人間も大勢いるんだぞ。敵に回して刺されでもしたらどうするつもりだ」

「大袈裟ですよ。たかが小説じゃないですか」

「馬鹿もん。お前が馬鹿にした小説のおかげで、私たち家族は生活が出来ているんだろうが」

「……失言でした。すいません」

「いいか、春彦。お前が見事、香月先生から新作の原稿を預かってくることが出来たなら褒美をくれてやる」

むしろ僕の方からすれば、報酬もなしに使いをするつもりなどなかったので当然の条件だ。

「ご褒美の内容にもよりますね」

「……甘味処でお前の好きなものを、なんでも好きなだけ頼んでも良い」

「結構です。もう十四ですよ？　幼い子どもじゃあるまいし、食べたいものがあれば小遣いの範疇で買って食べます」

「好きなだけだぞ。口の周りに蟻がたかるほど食べたらいい」

昔から父は何かあればすぐ甘味で釣ろうとする。もしかすると僕に甘いものをたらふく食べさせて、太らせてから喰うつもりではあるまいか。

「そもそも、どうして僕にこんなことを頼むんですか。兄上に頼めばよいでしょう。礼儀正しく、我慢強い。おまけに誰に対しても愛想がいい。よっぽど適任では？　いや、まずは部下の方に行かせてみるべきではありませんか？」

「私にも面子がある。家の敷地にすら入れなかったと部下には言えん」

「でしたら、やはり兄上に任せるのが筋でしょう」

父は複雑そうな顔をして、曖昧な笑みを浮かべた。

「それはもうやった」

「は？」

「夏彦（なつひこ）はな、失敗した。どうにか敷地の中へは入れたようだが、何が悪かったのか。先生のお眼鏡に敵わなかった。どんなやり取りがあったか知らんが、追い出されてベソをかいて帰ってきた。暫く塞ぎ込んでいたのはお前も知っているだろう」

「ああ、あれはそういうことでしたか」

そういえば少し前に自室に閉じこもって一週間ばかり出て来ないことがあった。交友関係で何かあったのか、と弟たちと心配していたが、なるほどそういう事情だったのか。

「それなら兄上に入口の場所を聞いたらどうです」

「先生から決して口外しないよう誓わされたそうだ。おかげで頑（がん）として口を割らん」

「……なるほど。そこで二の矢が僕ということですか」

安直と言えば安直な考え方だ。もし僕が失敗したら弟の秋彦（あきひこ）に任せるつもりではあるまいか。

「お前は十四にしては小賢（こさか）しいし、大人を相手にしても怯（ひる）まない胆力がある。ふてぶてしいから門前払いをされても涙一つ流さんだろう」

「褒めているつもりですか？」

「要するに、お前以上の適任はおらんのだ。頼む、無念にも散った兄の仇（かたき）を討つと思ってくれないか。このまま先生の原稿が間に合わないようなことがあれば、私の面子に関わるし、最悪、このままでは会社が傾きかねん」

　正直に言ってしまえば、僕は父の面子なんて知ったことではない。自分でうまくいかないからといって、同僚ではなく子どもを使うという性根も気に入らない。しかし、何より気に入らないのは、その作家先生とやらが兄を傷つけたという一点だ。温和な兄のことだ。変人の言うことを真に受けて、心底傷ついてしまったのだろう。

「……一矢報いる必要がありますね」

「ん？」

　それでも、酷く気が進まなかった。まずもって弟が兄の代わりをするというのがよくない。うまくやり過ぎてしまえば、今度は兄の面目を潰してしまうし、下手を打って原稿が手に入らなければ父の仕事に支障が出てしまう。会社が倒産して一家離散になってしまうなどご免だ。

「どうしたものかな」

　雑に頭を掻くと、不自然に黒く染まった髪が指に絡まった。四人兄弟の中で僕だけが違う。この異様に白い肌も、色素の薄い瞳もそうだ。一人だけ一族の誰にも似ていない。脱げかけた学生帽を深くかぶり直して、ため息を一つ吐く。

『――この子は紛れもなく私たち夫婦の子です。天狗や鬼のように扱うことは許しません』

　幼い頃に父が発した言葉が鮮明に甦ってきて、ついに僕は観念した。思うところがない訳ではないが、こんな僕を育ててくれた家族の為なら一肌脱ぐのもやぶさかではない。

「……分かりました。僕が原稿を貰いに行ってきます。ただし、今回だけです。二度とやりませんから。それは約束してくださいね」

にっこりと笑いながら、念を押す。しかし、父はとにかく喜色いっぱいの笑顔を浮かべるばかりだ。もう原稿を手に入れたような気でいるのだろう。

「そうか。やってくれるか」

「はい。父上の頼みであるなら、仕方ありません」

「よしよし。よく言った」

「それから断っておきますけど、原稿を持って帰れるという約束はできません。失敗しても怒らないでくださいよ」

「またそんな冗談ばかり言いおって。お前がそう言って仕損じたことなど今まで一度もないではないか。よし、先方にはお前が向かう旨を伝えておくから、くれぐれも失礼のないようにな」

「努力します」

「努力では困る。結果が全てだ。無礼を働くなよ。いいな？」

そんなものは相手次第だ。とても確約はできないので、僕は満面の笑みを浮かべて誤魔化すしかない。

「努力します」

「待て、春彦。お前、本当に分かっておるんだろうな？」

「さて、それでは行って参ります」

「頼むぞ。本当に頼んだからな？」

「努力します」

「さっきから努力するとしか言っていないじゃないか、お前」

父は不安そうに手を振っていた。なにせ色々と前科がある。だからこそ一番初めは兄上に頼んだのだろう。

しかし任された以上、結果は出すつもりだ。勿論、僕の好きなようにやるけれど。

父から教わった香月某(なにがし)の家までは路面電車で向かうことにした。地図の住所が正しければ箱崎(はこざき)で降車してから徒歩で行ける距離にある筈だ。

博多駅の前にある『停車場前』の停留所から福博電車(ふくはくでんしゃ)へと乗り込み、他の乗客たちと共に長椅子へ腰をかける。思っていたよりも人が少ないのは僥倖(ぎょうこう)だった。

モダンな髪型と格好をした若い女性が二人、僕の前に立つ。

「あの」

僕は席を譲ろうとしたが、彼女たちは笑って座席に座るのを辞した。

「ありがとう。でも、大丈夫よ。ぼく」

学生服を着ているのに、まるで子供扱いだ。僕は些(いささ)かのショックを受けながらぎこちなく笑い、それから腰を下ろした。

どうにも僕は同い年の級友たちと比べて背が低いせいか、子供扱いをされることが多いように思う。なにせ尋常小学校を卒業した時から、殆ど背丈が伸びていない。

「まもなく発車致します」

乗務員の女性の案内と共にゆっくりと電車が動き始めた。

福博電気軌道会社の運営する、この路面電車は福岡の主要部から近郊へと路線を延ばしている。安全で時間にも的確。人力車に比べて乗り心地もよく、悪天候でも使いやすい。車輛の内装はモダンで趣があるし、線路の上を一定のリズムで走っていく音も小気味よかった。

電車はいくつかの停車駅を経てから博多を離れていく。先程の女性たちは『呉服町』の停留所で降りていった。

電車は『蓮池』へと右折し、箱崎方面へと進んでいく。

僕が大人になった時には、きっともっと遠くまで行けるようになっているだろう。海外にだって気軽に旅行へ行けるようになっているかも知れない。いつかイギリスへ行くという僕の夢も叶えられるといい。

「坊、どっから来たとね？」

声をかけてきたのは大きな行李を背負った初老の男性で、短く刈り上げた頭に汗が玉になって浮いている。手拭いを首に巻いていて、微かに潮の香りがした。背負っている行李の破れた箇所から金属の箱のようなものが見える。きっと乾物を取り扱っているのだろう。

席を譲る為立ち上がろうとして、手で制された。

「博多からです。父の使いで」

ちらり、と視線が制服へ向いた。制帽の徽章(きしょう)、六光星を見ればどこの生徒かは一目瞭然だ。福岡の人間なら知らない者はいない。

「修猷館(しゅうゆうかん)の学生さんじゃ、さぞ勉強が出来るとやろうなあ」

「たまたま入学できただけですよ。僕みたいなのは授業についていくだけで精一杯です。おまけに、この襟首が苦しくて」

わざとらしく苦し気なふりをすると、男性は声をあげて笑った。

「どれ、窓ば開けちゃろう。今日はよか風が吹いとるけん、気持ちがよかぞ」

「ありがとうございます」

お言葉に甘えて窓を開けて貰うと涼しげな潮風が車輌の中へ吹き込んできた。千代村(ちよむら)の『東(ひがし)公園(こうえん)』の停留所でまた乗客が乗り込んでくる。

「訛(なま)りが福岡のもんやなかな。坊、生まれは何処ね」

「東京です。七つの時に父の転勤で福岡へ越して来ました」

方言が身につかなかったのは、東京出身の母が自分の子供がそれを話すのを極端に嫌がったからだ。母はいつか東京に戻るのだと信じて疑わないが、兄を含めて僕たちは福岡での生活も長いので、このままここで暮らしていく方がいい。

「そうやったとね。どげんね、博多はよかとこやろうもん」

「はい。美味しいものがたくさんあって嬉しいです」

故郷のことを褒められて悪い気持ちになる大人はいない。それが帝都からやってきた人間であれば猶更(なおさら)だ。

「終点まで行くとね？」

「はい」

「そうね。箱崎には初めて行くとかい？」

「一人で行くのは初めてです。家族とは放生会(ほうじょうえ)に行きました」

「そうかそうか。用事が終わってからでも、前でもよかけん、筥崎宮(はこざきぐう)に参るとば忘れたらいかんぞ。夷敵(いてき)を追い散らす神様やけん、ご利益があると」

「そうなんですね。必ず参拝します」

にっこりと努めて人懐っこく微笑んだ所で電車が減速を始めた。窓の外へ目をやると、黒々とした松林の向こうに大きな石の鳥居が見える。

「おお、着いたな。坊、気をつけれよ」

はい、と返事をして彼を見送ってから降車待ちの列へと加わった。終着駅であることを差し引いても、こんなに大勢の客が降りるとは思っていなかった。軍人さんの姿もちらほら見える。よく分からないが、筥崎宮というのはよほど御利益があると親しまれている神社に違いない。

電車を降りると、真っすぐに本殿へと延びた参道が見えた。驚くほど幅が広く、大人が十人、横になっても歩くことができるくらい余裕がある。

「すごいな」

父は東京にいた頃から天神様を信仰していたので、福岡へ越してからは専ら太宰府天満宮へ参拝に行くことが多かった。太宰府市は博多からはそれなりに距離があるが、それでも朔日参りを欠かしたことがない。

電車ではおじさんにああ言ったが、以前、家族で筥崎宮へやってきたのは、もう何年も前のことで、よく覚えていない。おまけに夜、お祭りの時に来たので人が多くて騒がしかったという記憶しかなかった。

しかし、休日の昼間はほどよい静けさと人の数で過ごしやすい。

近所に住んでいたなら、きっと毎日散歩したくなるに違いなかった。このままお参りをすませて帰りたいような心持ちだが、肝心の用件を忘れてはいけない。

改めて地図へ目を落とすと、やはり此処から徒歩で少し行った所に屋敷があるらしい。

見慣れない町の景色に好奇心をくすぐられながらも、地図を頼りに道を進んでいく。やがて、鬱蒼と木々の生い茂った場所へと出た。木造の家が立ち並ぶ一角に、急に鎮守の森が現れたように錯覚した。

まさか、と思ったが、地図が正しければ、どうやら此処が香月某の住まいであるらしい。

「なんだ、これ」

僕は思わず息を呑んだ。仮にもし此処が住まいだというのなら、香月某は正真正銘の変人に違いない。

呆然としながら入口を探したが、いくら探してみても出入口らしき場所が見当たらない。こんもりと生い茂った茂みが続くばかりだ。

「おかしい。これは絶対におかしい」

出入口を探して森伝いに歩いて行く内に、角までやってきてしまった。奥へと目をやると、うんざりするほど遠くまで敷地が続いている。

やはり、この驚くような密度の生垣（いけがき）に囲まれた場所に住んでいるらしい。

もうこのまま帰ってしまおうかとも思ったが、ここで回れ右をするのは逃げ出したようで癪に障る。当人の顔を拝むことすら出来ずにおめおめ帰ったのでは、僕の気が済まないのだ。

げんなりした気持ちになりながらも、ぐるりと敷地を一周してみることにした。

生垣をぼんやりと観察しながら進んでいくと、途中で奇妙な絵が描かれた絵馬が吊るされているのを見つけた。

「なんだこれ」

風で飛んでいったりしないよう、紐でしっかりと枝に結びつけてある。問題は描かれている絵の方だ。背後に炎を背負った一匹の鼠（ねずみ）が恭しく矢のようなものを捧げ持っている。矢の先の形状からして、どうやら鏑矢（かぶらや）のようだ。

「謎かけみたいだな」

こんな意味深な絵馬が偶然、こんな場所に吊るされている筈がない。

「どこかで読んだことがある気がする。炎、鼠、矢の出てくる話」

とある神話の内容が脳裏に浮かんだ。「内はほらほら、外はすぶすぶ……」絵馬のある場所の下へ屈んでみると、背の低い僕ですら気づかないような場所に内側へ凹んだ空間があり、奥に小さな戸板が設けてあった。ただ歩いているだけでは決して見つけられないだろう。

一瞬だけ躊躇したのは、なんだか嫌な予感がしたからだ。言葉にならない、漠然とした不安が胸をしめつける。――この戸板を潜ってしまったら、この先の人生が大きく変わってしまうような気がした。

僕の中で理性が撤退を命じている。得体の知れない場所へ行くのは危険だ、と。

しかし、好奇心はそれ以上に声高に僕へ「この先へ進め」と強く命じてくる。この奥に何があるのかと考えるだけで胸が高鳴るのを感じた。

脳裏を様々な声が過っていく。しかし、僕は自分でも殆ど無自覚に木戸を押し開けて、向こう側へと中腰のまま入っていった。

一瞬、誰かの声が背後で聞こえたような気がしたが、振り返ってもそこには誰もいない。

生垣の向こうへ顔を出すと、まるで本物の森のように様々な木々が生い茂っていた。楢(なら)に欅(けやき)、紅葉(もみじ)や柿の木など統一感がない。庭木と呼ぶにはあまりにも雑然としている。足元がふかふかと柔らかいのは、緑色の苔が地面を覆っているからだ。

顔をあげると、木洩れ日が揺れて綺麗だった。

「外から見るよりも、ずっと広く感じるのはどうしてだろう」

思わず声に出ていて、自分でも驚いてしまった。

しかし、何より驚くべきことは忽然と現れた屋敷の方だ。平屋造りの少し変わった趣(おもむき)のある屋敷で、なんて表現したらいいのか言葉が見つからない。見たままに言葉にするのなら、黒い。兎にも角にも黒い。壁は黒漆喰で仕上げられ、瓦も一枚残らず黒々としている。雨樋は銅を用いているようで、いかにも高価そうだ。

玄関へと回り込むと『香月』と書かれた表札が掛けられていた。黒檀の板に銅板で字を象嵌してあるようだ。それなりに古いものなのか、銅は緑青色に変色してしまっていた。

「こんな所に住んでいるのか。聞きしに勝る変人みたいだ」

そう僕が独り言ちると、背後で拍手が聞こえた。振り返ると、竹林の奥に白い着物を着流した若い男が立っている。黒い艶やかな髪は男にしては長く、前髪が目にかかってしまっていた。

「――奇人変人と呼ばれるのも案外悪い気はしないものだな。嘘偽りのない正直な言葉というのは聞いていて心地がいい」

想像していたよりもずっと低い声が腹の底に響く。肌は青白く、着物の袖から覗く手は女性のように細い。

「よく入って来られたものだ。大抵の人間は敷地に足を踏み入れることも出来ずに帰ってしまうというのに。絵馬の謎を解いたのか？」

涼し気に話す男の手には手桶があり、そこから紅白の花が美しい梅の枝が幾つか伸びていた。

「謎というほど大層なものではありませんでしたけど」

「あの絵馬の意味が分かったのか」

描かれていた絵が答えのようなものだ。

「大国主命の神話ですよね」

「ほう。説明して貰おうか」

「……大国主命が根の国へ訪問した時の話。須佐之男命の娘、須勢理姫と出会い、二人はすぐに恋仲となる。二人の中を引き裂こうとした父の須佐之男命がさまざまな嫌がらせをしますが、最後に広い野原に放った鏑矢を取って来いと命じた後に火を放ちます。火に囲まれた大国主命の元へ鼠がやってきて、『内はほらほら、外はすぶすぶ』と言う。穴の内側は広い。入口はすぼまって狭いという意味です。穴の中に隠れた大国主命は火をやり過ごし、鏑矢は鼠が持ってきてくれました。――つまり、生垣にも穴があるという意味ですよね」

男は満足そうに頷いてから、白梅の枝を見やった。

「どう思う？」

「え？」

「これは一輪挿しに丁度よさそうだろう。文机に飾るつもりで手折ったのだが、少し良心が痛んだ。梅の木は適度に剪定(せんてい)しなければならないというが、どこまで切ってやればいいのか。加減が分からなくてな」

「……梅だけに塩梅が分からないとでも？　それとも、これも謎かけですか」

「はは。なんだ、それは。言葉遊びがうまいな」

男は笑いながら手桶を軒下へ置いて手拭いで額を拭った。細い首筋から伝い落ちる汗がやけに目立つ。僕の周りに、こんな大人は今までいたことがなかった。なんと言えばいいのだろう。

男が身に纏っている空気そのものが、どこか常人とは違うような気がしてならなかった。

いや、そもそもこの男が本当に香月蓮なのだろうか。文豪というから、もっと年配の男を想像していたのに。

「それで？　君は何者だろうか？　見たところ修猷館の学生のようだが、学校には行かずともいいのか？　いや、そもそも今日は何曜だ？　平日か、休日か」

めちゃくちゃ喋るな。

僕は頭を軽く下げると、制帽を脱いだ。背筋を伸ばしてお腹に力を込めて、努めて低い声を出す。

「麒麟橋出版社の瀬戸幹彦の代理でやって参りました、次男の瀬戸春彦と申します。本日こちらに伺った理由を単刀直入に申し上げますと、父から香月先生の原稿をお預かりしてくるよう言いつけられたからです」

精一杯余所行きの声を出しながら、余所行きの笑顔を浮かべるのも忘れない。少しでも親近感を抱いて貰える方が何かと都合がいい。多少馬鹿に見られてでも、へらへらとしている方が得だ。制帽を被りながら、今日が土曜日であることを伝えようか一瞬だけ考えて、やはりやめた。

「私は香月だ。香月、蓮という」

「……もしかして、本名ですか？」

「一応、そういうことになっている。筆名を考えるのも億劫だったし、私は世間と殆ど関わりもない。特に不都合だと思ったことはないよ」

やはり変わった人だ。頭が良いとか、悪いとか。強いとか、弱いとか。そもそも、そういう土俵にいない。自分一人だけ全く違う場所で生きているような人間だ。

「そうか。君が瀬戸さんの次男坊か。それにしても全然、似ていないな」

「……父と面識はない筈では？」

「向こうがそう思っているだけだ。実際、何度か訪ねてきて入口が分からずに右往左往していた。この屋敷を囲む生垣は御簾（みす）のようなものでね。外からは見えにくいが、中からは外の様子が案外よく見える。大声で私の名を呼んでいたが、結局は諦めて帰って行った」

男は別に笑うでもなく、涼しい顔をして真っすぐにこちらを見ている。表情の変化に乏しいのか、どこか能面じみて見える。顔立ちが整いすぎているのだ。

「父がいつもお世話になっております」

「ふむ。別に世話をしたことはないと思うが」

社交辞令だ、馬鹿野郎。

「早速ですけど、お約束の原稿を頂けますか？」

「駄目だ」

間髪いれずに即答されたので、思わず硬直してしまった。

「ええと、まだ原稿が完成していないということですかね？」

「いいや。とうに完成しているとも。胡乱（うろん）で愚かな男が、年端（としは）もいかぬ少女に懸想（けそう）し、身も心も堕落していく話だ。こんな厭世（えんせい）的な話を書くのは気が進まなかったが、こうして私の頭の中に生まれてきてしまった以上は、どうにか世に出してあげなければ不憫だろう」

「良かった。出来上がっているじゃないですか。では、そちらを預からせて頂きますね」

「それは出来ない。私は君に原稿を渡したくないんだ」

僕は自分の勘違いに今更になって気がついた。いつまでも原稿が終わらない小説家に〆切の催促をするのだと思っていたが、どうやら父の言葉通りの意味であったらしい。

「ええと？　おっしゃっている意味がよく分からないのですが」

「誤解をして欲しくないんだが、別に君個人に問題があるわけじゃない。これはあくまで私自身の問題だ」

「……もう少し分かりやすく理由を仰って頂いてもよろしいですかね」

人の足元を見やがって、と怒りがふつふつと湧いてくる。

「だって簡単に渡してしまったなら、つまらないだろう」

「はぁ？」

「私は自分の作品に絶対の自信を持っている。もう本が世に出なくても生活に困ることはないし、本にさせて欲しいという出版社は他に幾らでもいる。君の御父上の会社でなくとも、なんの問題もないんだ」

「待ってください。その作品は父の会社で出版することを前提に書いたのですよね。他の出版社と作品に関する打ち合わせはしていなかったんじゃないんですか？」

「ああ。君の御父上との打ち合わせの中で作品の輪郭は完成した。本も彼の出版社から出す約束だった」

「その約束を、反故(ほご)にすると？」

「もっと良い条件を出す出版社が現れたのだから仕方がない。実際、まだ出版契約も交わしていないんだ。そんな中、面白い報酬を別につけてくる所が出てきた。そちらとも話をしてから、その上でどうするか決める。いや、本音を言おう。まず間違いなくそちらで販売することになるだろう。つまり君は無駄足を踏んだことになる」

どこが悪いのか、と言わんばかりの態度が頭に来る。

「……一応、確認しておきたいのですけど、それって父には落ち度なんてありませんよね？」

「ああ。勿論だとも。彼はよくやってくれている。だが、それは皆同じだ。落ち度がないのは美点にはならないだろう？」

どこか不思議そうな顔をしながら、男は縁側へと移動して腰を下ろした。足の裏が妙に汚れているのは、きっと何度も下駄が脱げてしまったからだろう。普段から庭に降りる必要のない生活をしているのが分かる。どうせ浮世離れした、金持ちの道楽のような小説ばかり書いているに違いない。

「先生、一つだけよろしいでしょうか？」

「ああ。いいとも」

「少し口汚いかもしれませんが、構いませんか？　もしかしたら不愉快に思われるかも。怒ったりしません？」

「ああ。構わない」

「そうですか。それはよかった」

言質は取った。父の顔を潰すことになるだろうが、この勘違いをしている物書きに一言言ってやらねば気が済まない。

「では、遠慮なく。——先生、あんたは子どもか？」

僕は外套を脱いで縁側へ投げ込みながら、靴を乱暴に脱ぎ捨てて縁側へ上がり込んだ。喧嘩の鉄則は相手よりも下方に身を置かないこと。最低でも同じ高さ、叶うのならば相手よりも高い位置から攻撃すべきだ。

どん、と縁側の床板を思いきり踏みつける。

「約束ってのは誰と交わしたかじゃない。最初に交わしたのが誰かってことが肝心でしょうよ。こいつは約束という行為における不文律だ。後から自分にとって益のある相手が現れたから、最初に交わした約束を反故にするなんて筋道が通らねぇんだよ」

僕の言葉に、目の前の男はぽかんとしていた。長い睫が風に揺れている様子がくっきりと見える。

咳ばらいをして、言葉遣いを改める。

「父がいつも口を酸っぱくして僕たち兄弟に言うんです。交わした約束を簡単に破るような人間にはなるな。人と人の関係というものは、信頼によって成り立っている、と。約束を反故にするのは、そうした信頼を失う行為だと」

激昂して掴みかかられるのを覚悟して、臨戦態勢を取るが、いつまで経っても怒号が聞こえない。それどころか、目の前の男は感心したように頷いている。

「ふむ。それもそうだな」

「え？」

「君の言うことには一理ある。御父上の教えももっともだ。いや、真実その通りかもしれん。確かに私の行いは不実だったな」

上機嫌に頷いているのが奇妙というより、僕には少し恐ろしかった。中学にあがったばかりの子どもにあんな口を利かれたら、大抵の大人は顔を真っ赤にして怒鳴りつけてくる筈だ。あるいは気味が悪いと言われるかのどちらか。

そのどちらでもない反応を前に、少しだけ身を引いてしまう。

「面白い少年だな、君は。ええと、名前はなんといったか」

「先刻、名乗りましたけど」

「そうだったか？　すまない。すっかり忘れてしまった。今度は決して忘れないから、教えてくれ」

きっと忘れたのじゃない。この男は僕の名前など、そもそも覚えるに値しない、と思っていたのだ。

「瀬戸、春彦です。瀬戸内海の瀬戸に、季節の春、英彦山（ひこさん）の彦」

「そうか。良い名前だな」

言いたいことを口にしたら、急に頭が冷静さを取り戻し始めていた。悪いなどとはこれっぽっちも思わないが、少し言い過ぎたかもしれない。

「……あの、怒らないんですか？」

「何故だ？　君の怒りは至極もっともだ。私は信頼に欠く行為をしていた。それについては謝罪すべきだろう。自分のことしか考えていなかった。君たち家族のことなど微塵も思い出さなかった」

すまない、と頭を下げる。その拍子に耳にかかっていた綺麗な黒髪が滑り落ちた。どこか懐かしい椿油の香りがする。

「私は子どもを好まないのだが……。春彦、君は大変興味深い」

呼び捨てにされるのは慣れているが、どうにも距離の詰め方がおかしい。

「お褒めに与り光栄です。そんなことよりも約束の原稿は頂けるんでしょうかね」

「待っていなさい。すぐに持って来よう」

そう言うや否や立ち上がり、襖を開けて座敷の奥へと消えてしまった。

縁側に一人取り残されたが、特に何をする訳でもなくぼんやりと頭上を眺める。背の高い木々の枝葉に覆われて、なかなかに心地いい。縁側の床板も手入れが行き届いていて、飴色に輝いていた。とてもそんなことを自分でするような人間には見えなかったので、きっと奉公人がいるのだろう。

「あんな変人の相手をさせられるなんて。その誰かに同情するね」

そう口にした瞬間、障子(しょうじ)が音もなく開いて男が戻ってきた。随分、建付(たてつ)けがいい。

「私の相手をするのが、よほど嫌らしいな」

「文豪の相手が務まるような人間なんて、それほど多くはないと思います。小説のネタにされたらかないませんし」

「……いけないのか」

「当たり前でしょう。あの、まさか僕との会話も使おうとしているんじゃありませんよね」

「……駄目か？」

「困ります」

「参考にしようと思っていたのだが。作家という生き物はね、心が揺れ動くことがないと筆を執らないものだ。先程の君の喝には心が揺れたよ。まだ子どもだと侮(あなど)っていた」

「そら、ようございました。それで原稿は？」

「此処にあるとも」

分厚い原稿用紙の束、穴をあけて紐できちんと綴じてある。僕はそれを父からもたされた茶色の封筒に入れて、鞄の中へ折り曲がらないように収めた。

「はい。確かに預かりました。――それと、兄について少し聞いても良いですか。以前、こちらに伺った瀬戸夏彦という者です」

「ああ、彼か」

「どうして兄を門前払いしたのですか。敷地の中にも入れたのに。兄は酷く落ち込んでいます」

気まずそうな顔の一つでもしてみせるかと思ったが、香月は不愉快そうに眉間に皺を寄せた。

「君の兄は絵馬の謎を解くことができなかった。数時間もかけて生垣を調べ尽くして、入口を見つけた。それは知恵ではない。こちらも遊び心でやったことだ。責めはしないが、他人が家の周りを何時間もうろついていたら気持ちが良いものではないだろう」

兄は実直な人だ。だが、機転が利くような人ではない。それを評価してくれる人も大勢いるだろうが、この変人はそうではなかった。ただそれだけの話だ。

「……そうですか。分かりました。では、僕はもうこれでお暇（いとま）致します」

そそくさと立ち去ろうとした私の手を、香月が握って引き留める。白く細い繊細な指。畑仕事なんて一度もしたことがないだろう。

「待ちなさい。そう急がなくともいいだろう」

「急ぎますよ。もう用はないんですから」

「話をしようじゃないか。長崎土産（みやげ）のカステラがある」

「カステラ」

僕はこう見えて、実は甘いものに目がない。九州に越してきてなにが一番良かったのかといえば、味付け全般が甘いことだ。魚の煮つけも、すき焼きも甘い。甘辛いおかずは大変白米と合う。

「甘い物は嫌いか？」

菓子も素朴だが、甘味が強いものが多く、それがなんとも僕好みだ。カステラといえば高級菓子の代表、それも本場長崎のカステラを食べる機会なんて一生に何度あるだろうか。

「……少しだけなら」

「そうか。菓子が好きか。年相応な所もあるのだな」

「これでも近所では愛想があって大変真面目な生徒だと評判ですよ」

「そういう評判が流れるように普段から努めているのだろう？」

「どうでしょうね。まぁ、でも人の評価なんてものは曖昧なものですよ。真実がどうであれ、大勢が話題にしているだけで評価は過大になっていくものです」

化粧棚から既に切り分けられたカステラが二切れ、小さな皿に載って目の前に置かれた。ざらめがたっぷりとついていて、こうして眺めているだけでも唾液が出てきて仕方がない。

「食べないのか？」

「あの、先生の分は？」

「私はいい。元々、来客用に家人が用意したものだ」

家族が住んでいるのかと考えたが、おそらく奉公人の方だろう。この男に家庭を築く甲斐性があるとは到底思えない。こういう人間は一芸に秀でている代わりに、他のことは何をさせても一切うまくいかないと聞く。天は二物を与えず、と父もよく嘆いている。

「さ、遠慮はいらない」

「では、有り難く頂戴します」

手を合わせて、竹楊枝（たけようじ）でカステラを突き刺して口に運ぶ。柔らかで弾力のある、雲のような食感と卵の風味、底に敷かれたざらめの甘味に思わず笑みが溢れる。

「む、ふふ。むふふ」

「気に入ったようで何よりだ」

「当然です。カステラが嫌いな人間なんてこの世にいないと言っても、過言ではありませんよ」

「それは過言だろう。現に、私はカステラがあまり好きではない。そもそも甘味全般が苦手だ。甘ったるくていけない」

「なら、人間じゃないってことでしょう」

私の言葉に先生が笑みを深くした。

「面白いことを言うな。春彦、私は君のことが気に入ったよ。実にいい」

「そうですか。ですが、私はあなたのことが嫌いですよ。もう二度と会うこともないでしょう」

二個目のカステラに竹楊枝をを刺しながら、僕はきっぱりとそう言った。

「何故だ。カステラを食べただろう」

「カステラで人を買収したつもりだったんですか？　僕はあなたが『カステラがあるぞ』というから、その誘いに応じてこれを食しているだけです。『食べさせてください』なんて一言も申しておりません」

「それならば、私だって『食べろ』とは一言も言っていない」

「そうですね。『食べるな』ともおっしゃっておりませんが」

最後の一口を頬張ってから、しっかりと味わう。まさかこんなところでカステラを食べられると思っていなかった。高級菓子と呼ばれるだけの事はある。僕が長じたら甘味処のオーナーになろう。本場長崎で店を開くのだ。砂糖を惜しまず使って、日本一の店にしてみせる。

「ご馳走様でした。――それでは失敬」

「待ちなさい。最後に一つだけ、気になることがある。それに答えてから帰りなさい」

「ああもう。なんですか」

男が心底分かりかねるというように怪訝そうな顔をした。

「君たちの名前についてだ。君の兄上の名を夏彦と言っただろう」

「……それが何か？」

「君の兄は愚鈍だったが、四季を子供の名にあてがうのなら、長男にこそ春を冠する名をつけるべきだろう。それなのに、どうして次男坊の君が春の名を持っている？　君こそが夏彦であるべきじゃないのか」

目の付け所がいやらしい。流石は作家というべきか。

「……単純に兄が夏に生まれたからですよ」

胡乱げにそう言うと、男はこれ以上追及しようとはしなかった。興味が失せたのか、それとも他の理由があったのか。僕には判断がつかない。

「……それが事実ならば、なんとも計画性がないな。もし同じ季節に兄弟が生まれていたら、どうするつもりだったんだ」

「そういう込み入った話をしたいのなら相手が違います。僕の知ったことじゃありませんよ」

「それもそうか」

「そんなことよりも、僕からも最後に一つだけいいですか？」

「ああ」

僕はにっこりと微笑んでから、兄のことを愚弄した男の胸をゆっくりと蹴り飛ばした。押すような蹴りを受けた男は、呆然とした顔のまま無様に後ろへと呆気なく転がる。見た目ほどには痛くはないだろうが、子供に足蹴（あしげ）にされて喜ぶ奴はいない。

「――人の兄貴を愚鈍呼ばわりするんじゃねぇよ。馬鹿野郎」

男は素っ頓狂な顔をしていた。どうして自分が蹴られたのか、まるで理解できていないらしい。いや、人から蹴られたことなど生まれて一度もないのかも知れない。

「では、先生。ごきげんよう」

縁側から飛び降りるや否や、靴を手に鞄を抱いて裸足のまま庭を飛び出した。生垣の戸を潜り抜けて外へ出ると、春にしてはやけに強い日差しに目が眩（くら）む。

ともかく目標は達成した。原稿も手に入れ、兄を侮辱した小説家を文字通り一蹴してやった。万が一、これで父が職を失うようなことがあれば、あの屋敷に火をかけてやると固く心に誓う。

乾いた地面を足の裏で感じながら、僕は彼方（かなた）に見える雲を眺めながら駆けた。春の空にかかる雲は、まるで糸の切れた凧（たこ）のように飄々と風に流されている。

あの世間離れした文豪に、少し似ているような気がした。

二

持ち帰った原稿を鞄から取り出してみせると、父は文字通り飛び上がって狂喜乱舞した。香月蓮の新作を発売することができなければ、責任問題になっていたのだと男泣きに泣いた。

父の首は皮一枚で辛うじて繋がっていたらしい。聞けば、もう既に新作発売のチラシをこれでもかと打ち出しており、東京では大通りの看板や電車の広告にまで吊るされているというから、これが中止となれば確かに問題となるだろう。

「よくやってくれた、春彦。よくやった」

手を取って何度も上下に揺らす父の姿は、感動的というよりも憐憫（れんびん）を誘うものがあった。よほど追い込まれていたに違いない。

「でも、二度とやりませんからね」

まぁ、そんな機会もないだろうが。心配なのは、あの男が足蹴にされたことを恨んでやしないかということだ。

「そんなことよりも。夏彦兄さんと甘味処へ行くのでお小遣いをください」

「おお。好きにしなさい」

幾らくれるのだろうか、と思ったら財布ごと投げて寄越した。

「大した額は入ってないが、使い切っていい。私はすぐに仕事に取りかからないと。いや、本当にでかしたぞ」

僕はすぐに中身を拝見して、思わず目を輝かせた。三円も入っている。これだけあれば兄だけとは言わず、兄弟全員で甘味処へ行っても豪遊できる。

「また頼むぞ」

父はそう上機嫌に言ったが、お声がかかることは残念ながら二度とないだろう。

財布の重みを感じながら、兄の座敷へと向かう。

呉服町にあるこの屋敷は、元々、博多の商人のものだったという。御一新の混乱で手放したものを出版社が社屋の一つとして買い取ったものだ。たかだか一社員に貸し渡すには広すぎるが、そこは母の実家が色々と取りなして我が家の住まいとなったらしい。

「兄上、兄上」

襖の向こうへ声をかけると、暫くしてゆっくりと襖が開いた。どんよりとした重い空気が廊下へ流れ出るようだ。真っ直ぐな黒髪を眉の上で切り揃えて、二重瞼の下にある大粒の瞳、目元には小さな泣き黒子(ぼくろ)があり、いかにも女性に求められる風貌をしている。

「春彦。その兄上という呼び方はやめろと何度も言ってるだろう。いつの時代の話し方をしているんだ」

「いや、弟ですからね。こうして兄を立てているつもりなんですよ？」

「昔のように夏兄と呼んだらいいだろう」

まぁまぁ、となだめながら障子を閉める。

「それにしてもえらく薄暗いですね」

「写真の現像をしていたんだ。窓に布をかけて暗室代わりだ。ちょうどさっき終わった所だよ」

以前にドイツから帰国した叔父から貰ったカメラに兄はすっかり傾倒してしまっていた。なけなしの小遣いも現像液に使っているので、いつも金がないとぼやいている。

「それで何の用だ。また父さんからの頼み事か？」

「まぁ、そんなとこです」

僕がそう答えると、兄上の顔がみるみる変わっていく。

「春彦。お前、もしかしてあの香月先生から原稿を受け取ってきたのか！」

「ええ。まぁ、なんとか」

ついでに蹴りつけてやりましたよ、とは流石に言えない。事の顛末を詳細に話せばきっと卒倒してしまうだろう。

「一体どうやったんだ。俺が出向いた時には冷たくあしらわれて、会話の一つも満足にできなかったというのに」

がっくりと肩を落としてしまった。気落ちしている兄を見るのは僕も辛い。

「兄上と違って、僕は香月蓮の読者でもなんでもありませんからね。下手（したて）に出なかっただけですよ。気まぐれな人のようでしたから、たまたまでしょう」

「謙遜はよせよ。お前が優秀だということはみんな認めている。長男だからと俺のことなんか立てなくてもいいんだ。俺だって弟が優秀だと鼻が高い」

そう言って、僕の頭をガシガシと撫でてくる。兄は僕の三つ上、今年で十七になる。本当に同じ血が流れているのか、と思うほど人がいい。

「お使いの報酬に財布をそのまま頂いたので、この軍資金で甘味処に行きましょう」

財布を手の上で跳ね上げると、ずっしりとした心地よい音を奏でた。

「それは豪儀だな。でも、本当にいいのか？　そのまま自分の懐にしまってもいいんだぞ。欲しいものなんて幾らでもあるだろう」

「特に何もないですね。こんなものはあぶく銭です。兄弟で楽しく浪費してしまうに限ります」

「お前がそういうのなら甘えるが、秋彦（あきひこ）と冬子（ふゆこ）は生憎（あいにく）もう出かけている」

「なんと。どこへ行ったんです」

「母上と博多座へ芝居を観に出かけた。夕方までは戻って来ないぞ」

もうかなり前から母は芝居に傾倒していて、事あるごとに劇場へ足を延ばす。自宅から電気軌道で行ける東公園にあるというのも相まって、ほぼ毎週のように出かけていた。

「僕は松葉屋で買い物をする方が好きですけどね」

「それなら松葉屋へ洋食を食べに行くか。春彦も昼餉（ひるげ）はまだだったろう？」

「はい。お供仕ります」

時代がかった口調に兄が苦笑する。背丈が伸びたせいか最近、父に似てきたように思っていたが、笑うとますます似ていて驚いた。

「折角だ。カメラも持って行こう」

そう言っていそいそと奥からカメラを首にかけて戻ってきた。上着の胸ポケットにフィルムを入れて、実に楽しそうにしている。

「秋彦と冬子には、土産を買ってきてやろうと思います」

「弟妹想いだな、お前は」

十四にもなって頭を撫でられるのは恥ずかしいが、外ではないので甘えてしまうことにした。兄は昔から僕たちに優しい。喧嘩をした時でさえ、こちらの言い分を全て聞いた上で分かりやすいよう丁寧に間違いを正してくれた。

決して、愚鈍などではない。

「兄上。香月蓮の作品の何がそんなによいのですか」

「なんだ、薮（やぶ）から棒に」

「兄上を魅了するものがあるのでしょう？　それは何なのですか」

兄は困ったように笑ってから、少し思案に耽るような顔をした。こんな他愛のない質問にも、いつも本気で考えてくれる。

「先生の作品全てがそうだとは言わないが、主人公が茨の道を自ら選び取り、幸せを掴もうとするのが好きだ。困難に打ち勝ち、その生き方の尊さに心が震えるのだと私は思う」

「……新作は、しょうもない男が女の子の尻を追いかけるような作品でしたけど」

僕が戸惑い気味にそう言うと、兄はくしゃりとした顔で笑った。

「最近、そういう退廃的な話が流行っているからだろうな。というか、そういうことは読者の前で言うものじゃない。読む楽しみがなくなってしまうだろ」

父に似た大きな掌が僕の頭をぽんぽんと撫でた。

「ほら、行くぞ。冷静になった父さんが財布を取りに戻っていらっしゃる前に出かけてしまおう」

部屋を出て行った兄の背中を追いかける。

幼い頃から見てきた背中をこうして見ていられるのも、あとどれくらいだろうか。

◇

呉服町は文字通り、とにかく着物屋が多い。博多という町も場所によってそれぞれ特色のようなものがあるのだが、とにかくこの辺りは商人の町ということで中洲(なかす)の辺りまで大勢の人が常に行き交っていた。海外からやってきた商人も多く、外国人を見かけることも珍しくない。

「春も近いというのに、なかなか暖かくならないな」

「日差しは鋭い日もありますけどね」

ざわざわとした喧騒の中をこうして歩くのが昔から好きだった。大陸との玄関として京の都よりも古くから発展してきた博多の街は、東京の賑わいともまた違う活気がある。

「それにしても春彦からご馳走になる日が来るなんてな。ついこの間、秋彦に寝小便を頭から被らされて泣いていたかと思っていたのに。いつの間にかこんなに立派になって。誇らしいよ、俺は」

「よしてくださいよ、兄上」

「将来はどうするつもりなのか、そろそろ考えているのか？」

「どうでしょうね。将来のことなんて、まだ何も考えていませんよ」

繁盛（はんじょう）する甘味処を経営して、左団扇（うちわ）で生活していくという夢はあるが、真面目な兄にそんなことを言えば本気で心配されてしまうに決まっていた。

「兄上は上京するんですよね」

「ああ。記者になる。従軍記者になって戦争の実情を国民に知らしめられるような人間になりたい。日露戦争に従軍した記者のようにな」

「物騒な所には行かないで欲しいんですけどね」

「すまん、すまん。春彦はこういう話は嫌いだったな」

戦争の話なんてまっぴらだ。平和で楽しい話を聞いていたい。

「もっと面白い話にしませんか？」

「面白い話か。そうだな。……人の寿命を言い当てる占い師が香椎（かしい）にいる、という話なら聞いたことがある」

「なんです、その胡乱な話は」

「荒坂さんから聞いたんだ。なんでも神懸かりとなってピタリと言い当てるとか。実際、死ぬ日を言い当てられた若い健康な男が、まさしくその日に往来で死んだらしい」

「自分の寿命なんて知ってどうするんです？　しょうもない」

「そうか？　面白いと思うけどなぁ」

荒坂さんというのは我が家に出入りしている酒屋の奉公人で、あちこちで仕入れた噂を配達に回る家々で吹聴して回るという悪癖がある。悪人ではないのだが、あまり弟や妹には近づけたくない人間だ。

「荒坂さんの仕入れた話なんですから、話半分で聞いておかないと。やれ、元寇の怨霊が出ただの、遊女を投げ落とした井戸から祟り神が這い出てくるだの、おかしな話ばっかりするんですから」

この文明社会で何を馬鹿なことを言っているのか。

「春彦は信心がないからよくないな」

「神の方に問題があります。願い通りに僕の背丈を一寸でも伸ばしてくれたなら生涯信奉してみせますよ」

「その心積もりがよくないと言うんだ」

「先に願いを叶えて貰わなければ、信じられるものも信じられません」

「しかし、世の中には説明のつかない、不思議なことが確かにあるだろう？」

「ありませんよ。そんなの」

「なら、どうやって人の寿命を言い当てられるんだ？　医者なら病人の脈を測ったり、診察をしたりして死期くらい予測できるかも知れない。だが、ただの占い師だぞ。衆目の前では脈を測ることも出来ないだろう？」

「診察なんていりませんよ」

「どういうことだ？」

土居町の辺りまで歩いてくると、急に人気が増えたようだった。通りの先から何やらお囃子のようなものが聞こえてくる。

「やけに混んでいるな。春彦、迂回しよう」

頷いて兄の後を追いかける。大通りから一本、奥の裏路地へ逃れると多少はマシになった。東中洲まではもう少しだ。

「さっきの話だけど、診察がいらないというのはどういう理屈だ」

「その話、まだします？」

「当然だろ。本当に人の寿命が分かるのなら、実に不思議な話だと思わないか？」

嬉しそうに瞳を輝かせ、こちらに問いかけてくる。兄の長所の一つは人をすぐに信じることのできる素直さではあるが、時にそれは短所ともなり得るのだ。

「大勢の人を占って適当に少し先の時期を言っておけば、その中から一人くらいは占い通りに死ぬ人もいるでしょう。死因まで言い当てて見せるのなら別ですけど、きっとそこまでは断言しない筈だ」

人生五十年。占った人のうちの一割から二割くらいは数年後には死んでしまってもおかしくない。

「それはそうかも知れないな。だが、もしも仮に半年後に死を予言した相手が死ななかったらどうするんだ？」

「どうもしません」

「占いが嘘だと露見するじゃないか」

「兄上なら半年も前にやった占いの内容が外れていたとして、そのことをわざわざ問い詰めに行きますか？　外れたぞ、この野郎って？」

兄は得心がいったように頷いて、それから苦笑してみせた。

「それもそうか。確かにそんな面倒なことをする人間なんていないな」

「よしんば仮に文句をつける客がいたとしても、いくらでも言いくるめることができます。占いをしたことで死ぬ運命から逃れることができたとか、知らず知らず未来を変える行いをしていたとか。どうとでも言えるでしょう？」

インチキと言ってしまえばそれまでだが、占いなんてものを本気で信じてしまう方がどうかしている。彼らも商売でしているのだから、それが外れたからといって文句を言われる筋合いなどないだろう。

「不思議なことなんてそう簡単に転がってやしないか」

心底残念そうにしている兄により一層、不安を覚えた。帝都は博多とは比べ物にならないほどの大都会だ。弱みを見せた人間はすぐにカモにされてしまう。お人よしで素直で、他人を疑うことを知らない兄のことだ。いとも簡単に騙されて借金を背負わされたり、犯罪に巻き込まれたりやしないか、気が気でない。

「兄上。詐欺師にはくれぐれも気をつけてくださいね。骨までしゃぶり尽くされますよ」

「それは困るなあ。あっという間に素寒貧にされてしまいそうだ」

「笑っている場合ですか」

そうして二人で話をしている内に東中洲の松葉屋呉服店に到着した。五階建ての洋館はいつ見ても街の中でひときわ異彩を放っている。百貨店方式の店内には見るからに裕福そうな人がゆったりと買い物を楽しんでいた。食堂は四階にあるので、あのエレベーターという恐ろしいものには乗らなければならない。しかし、僕は恐ろしいので階段で四階まで上がることを選んだ。

食堂には二組の家族連れと、食事をしている年配の男性が三人。それぞれ食事や珈琲を堪能している。蓄音機から流れるメロディがいかにもモダンでいい。

女性の給仕さんに案内されたのは窓際の席で、見晴らしがすこぶるよかった。

「ご注文がお決まりになりましたら、お声がけください」

会釈をしてカウンターの向こうへ戻っていく女給さんを見ると、いつも感心してしまう。あの洋風の給仕服は大変可愛らしく、あんな可愛い女性が可愛らしい服装で給仕してくれたなら、それだけを求めてやってくる男性客も多いだろう。軟派な考え方かも知れないが、硬派ぶる男にかぎってああいう格好に弱いのだ。

「どうした？　そんな悪巧みをしているような顔をして」

「いえ、少し将来設計を」

「偉い。将来について考えることは大事なことだぞ」

メニューに目を通すと、どの甘味も大変美味しそうで迷ってしまう。

「俺は決めた。ライスカレーにしよう」

「またですか？　兄上、以前も確かライスカレーを食べていましたよね。そんなに気に入ったんですか？」

「いや、一番間違いないからな。食べ慣れない洋食で冒険して口に合わないものを食べたくない。確実に美味しいと分かっているものが安心だろう？」

「そんな保守的な食の好みで大丈夫なんですか？　従軍記者になったら海外生活になるんですから、見知らぬ食べ物ばかりですよ？」

「胃腸は丈夫だから大丈夫さ。きっと」

「もう」

先ほどの女給さんが笑顔でやってきた。

「ご注文はお決まりですか？」

花のような微笑みに思わず顔が強張る。兄は平然としているが、僕はやはり同年代の女性と話すのは少し苦手だ。

「ライスカレーを一つと。春彦、決まったか」

「はい。自分はフルーツゼリーとカスタードプリンを」

「ありがとうございます。それでは暫しお待ちください」

女給さんが去ってから、兄が呆れたように笑った。

「そんなに甘い物ばかり、よく食べられるな」

「僕の数少ない趣味ですから」

こんな洋食店などはまだまだ敷居の高い場所だが、いずれは巷(ちまた)の食堂のように足を運びやすい場所になって欲しいものだ。

「春彦。その、もし良かったら香月先生のことをもう少し話してくれないか」

照れくさそうにしている我が兄のことが理解できない。あの男の話によれば、雑に扱われて嫌な思いもさせられただろうに。

「まだあんな男の話がしたいのですか」

「私の憧れなんだ。今まで何度、あの方の作品に救われてきたか知れない」

「そういうものですか」

「あの謎かけの絵馬を見たか？　私は間抜けだから自力で中へ入ってから見つけたよ。最初から最低限の知性のある人間でなければ訪ねることも出来ないなんて。浪漫(ろまん)をよく理解していらっしゃるとは思わないか」

あの馬鹿げた絵馬の仕掛けのことを謎かけと呼ぶのは、些か買い被りが過ぎる気がした。あんなものは謎かけというよりも悪ふざけと呼ぶべきだ。

「あんなもので知性は測れませんよ。偏屈なだけです。しかし、あれでどうやって手紙を受け取るんでしょうね」

「あそこは仕事場で、別に御屋敷があるんじゃないのか？」

「ああ。確かにそうかもしれませんね」

あんな不便な家では出入りをするのも大変だ。客人を上げるのも苦労するだろう。

「香月先生とはどんな話をしたんだ？」

「別に何も。原稿を渡して貰えるように色々と話をしただけです。ああ、それとカステラを御馳走になりました。大変美味でした」

「春彦。お前、香月先生はカステラよりもずっと価値のある方なんだぞ。ちゃんと分かっているのか？」

食べ物と秤にかけるのも無礼だと思うが、それについては黙っておく。

「兄上。価値なんて人それぞれでしょう。生憎、僕にとってはカステラの方が何倍も価値があります。あの風味豊かで甘い生地、底のザラメの食感。甘味の王様ですよ」

「そういうことは香月先生の作品を一冊でも読んでから言え」

兄が言わんとしていることは分かるが、本を開く度にあの男の得意満面な顔がちらつきそうだ。

「蔵書から好きなものを持って行って読んでみるといい。きっと先生へ畏敬の念を抱く筈だ」

「お断りします。小説ばかり読んでいると人嫌いの孤独な人間になるぞ、と学校の先生から散々脅されていますし、他の作品ならともかく、あの人の本で孤独になるなんてごめんです」

「修猷館の教師たる者が、そんな胡乱なことを言うのか」

「和泉(いずみ)先生は一時期、作家を志していたそうです。執筆は孤独な行為だと」

兄がまた何か言おうとした所で、女給さんが配膳にやってきた。ライスカレーのスパイスの香ばしい匂いに鼻がひくつく。

「ライスカレーとフルーツゼリーです。カスタードプリンはまた後ほどお持ち致します」

「ありがとうございます」

硝子(ガラス)の容器に盛られたゼリーの中のフルーツを眺める。みかんの橙色に、上にのったサクランボの赤が見た目にも美味しそうだ。

匙で一口頬張ると、甘みとフルーツの風味が口の中に渾然一体となって広がる。餡子(あんこ)の甘みも大好きだが、このプルプルとしたなんとも言えない食感が僕は堪らなく好きだった。

「そんなに美味しいか。お前のそんな顔を久しぶりに見た気がする」

「ライスカレーも美味しいでしょう?」

「ああ。いつ食べても美味しい。きっとこれから洋食はどんどん広まっていくだろう。家庭の料理にも洋食が当たり前のように出てくる時代がいずれやってくる」

「まぁ、そうでしょうね」

そういえば母がクロケットに挑戦していたが、あれは中々美味しかった。本来は醤油ではなく、ウスターソースをかけて食すそうだが、馴染みがないので醤油で充分だ。

「春彦。お前は頭がいいからうんと勉強をして偉くなりなさい。きっとその気になれば将校にだってなれるし、偉い役人にもなれる筈だ」

「急になんですか」

「お前には才能があるという話だ。先を見通す力も、一歩下がって周りを冷静に観察できる視野の広さも、御国の為に発揮すべき能力だ」

兄は少し悲しそうに言った。何か兄を心配させるようなことを言っただろうか。会話の内容を思い返してみたが、僕の才能云々に関わるような話はしていない筈だ。

「兄上？　何を憂慮しているんです？」

僕の言葉に兄はハッとして、それから曖昧な笑みを浮かべた。

「つい先日、博多駅で政治家の街頭演説を見たんだ。日本は海外の文化に毒されつつある、と。そんなことはない、と一蹴したつもりでいたんだが、今この料理を食べていて急に思い出した。古き良き日本の食卓が失われるかもしれない、と」

「兄上は真面目ですねぇ」

大きく頬張って、僕は構わずに食事を続ける。

「笑い話じゃない。憂慮するべきだ。日本が西洋のようになってしまったらどうする。ライスカレーは確かに美味いが、私はどこまでいっても和食が一番好きなんだ」

「そんなことにはなりませんよ。自分たちでよりよいものにすればいいじゃありませんか。兄上の食べているライスカレーだって、英国式と言いますけど、そもそもの起源は印度でしょう。英国が印度の食文化を取り入れて、自国に馴染むようにしたように、我が国も英国式の味を改良しています」

そういえば、肉じゃがも日露戦争の英雄である東郷平八郎が、外国に駐在していた時に食べた料理を日本で再現させようとして生まれたのだと聞いたことがある。

「よいところは模倣して、悪いところは切り離す。そんなに難しい話ですかね。十把一絡げにして否定するのは、野蛮というものですよ」

「……春彦。お前は政治家になりなさい。街頭演説をしていた政治家よりも、お前の方がよっぽど演説がうまい。きっと聴衆が味方につく」

「冗談はよしてください。僕は甘味処のオーナーをやるんですから」

思わず口走ってしまった僕の言葉に兄は笑っているような、泣いているようなどちらとも言えない表情を浮かべた。きっと言いたいことがあるのだろうが、言葉にならないのか、言っても仕方がないと思っているのかもしれない。

「世の中というのは侭ならないな」

「ええ。全くその通りですね」

兄はそれ以上は言及せず、黙々とカレーを食べ続けた。蛇足かも知れないが、それから間もなくきたカスタードプリンも大変美味しかった。

◇

その日の晩、夕餉を終えてから自室へと戻ると、文机の上に香月蓮の著作が数冊重ねられていた。居間に戻ろうかとも思ったが、今戻れば秋彦と冬子に捕まってしまう。

「兄上も人の話を聞かない人だな」

無視してしまおうかと思ったが、これ以上意固地になって読まないでいるのも抵抗があった。兄が人に何かを勧めるという事自体、考えてみれば珍しいことだ。

四冊の本の中から、一冊の本を手に取る。題名は『終着駅』とあった。

兄にはああ言ったが、学校では暇さえあれば本ばかり読んでいる。活字中毒の友人がいるので、彼が頼んでもいないのに次々と本を持ってくるのだ。おかげと言うか、そのせいと言うべきか。本を読む楽しさはよく理解しているつもりだ。

畳にうつ伏せになり、本の表紙をめくる。

『夫を殺そふと決意したのは、あの人から知らぬ香りが匂い立っていたからです』

――一行目を目で追った直後、ざぶん、と水の中へ落ちたような気がした。水中で藻掻くように必死に文章を追いかけて、頁(ページ)をめくる度に息を継いだ。次第に潜ることにも自然と慣れてきて、物語の中を泳ぐように追いかけていく。淡々とした文章でありながら、肝心な部分にはしっかりと熱が籠もっている。

悪徳への糾弾、誠実さへの期待がありありと込められていた。

しかし、何よりも特筆すべきは、その文章の美しさだろう。

「ああ、なるほど。確かにこれは人を魅了するものだ」

文法の正しさや、格式張ったことは素人の私には分からないが、この作家の紡ぐそれは唯一無二の美があった。

『あなたを赦せば救われましたか。不貞を白日の下に晒せば、首を括らずとも報われましたか。朝露に濡れる蕾のような少女の白いうなじを追った、醜いあなたを断じて赦すことができないのです』

女性が書いている、とまことしやかな噂が立つのも理解できる。今、文壇に居る文豪たちの中にこれほど性別の垣根を越えた文章を書ける者はいない。まるで女性の叫びそのものといった作品だ。

決して薄い本ではなかったが、半時もかからずに読み終わってしまった。読後のなんとも言えない高揚感に心地よく浸っていると、電話が鳴る音がした。居間からばたばたと母が廊下へと出て行く音がする。

母が父の名を呼び、騒々しく父が飛び出していった音がした辺りで、不意に嫌な予感がした。次に名前を呼ばれるのは自分だという確信にも似た予感がある。

父は何やら話し込んでいるようだが、先刻から「はい、分かりました」「仰る通りでございます」「恐れ入ります」の三つの単語を繰り返すばかりで要領を得ない。

その時だった。

「え？　春彦をですか」

まずい。慌てて立ち上がり、廊下へ出ようとしたところだった。

「春彦！　こっちに来なさい！　春彦！」

父の大声に嫌な予感が現実になったのを感じた。このまま知らぬふりをして逃げ出してしまいたいが、どのみち逃げ場などない。学校の寄宿舎に入っておくべきだったと心から後悔した。

溜息を盛大に吐いてから、静かに廊下の角から玄関の方を眺めると、壁に掛けた電話に父が張りついて、ぺこぺこと頭を下げている。相手からはこちらの様子など見えないというのに。

「春彦！」

父がこちらに気づいて慌てた様子で手招きをする。今朝からの状況を考えれば、電話の相手など容易に想像がついた。

「留守だと言ってください」

「馬鹿もん、早く電話に出なさい！　香月先生だ！」

香月の名前を聞いた瞬間、思わず天井を仰いだ。苦情の電話を家に寄越してくるとは思わなかった。いや、父には話さず、自分に直接言ってくるのは有り難いことではある。

渋々、父の元まで行くとやけに嬉しそうな顔をしている。酷く興奮しているのか、鼻息がいつにも増して荒い。

「……はい。なんでしょうか」

電話の向こうで、くすくす、と可笑しそうに笑う声がした。

『ぶっきらぼうな態度だな。まだ何も話をしていないのに』

「ご用件はなんでしょうか」

　無愛想に言った所で、父から頬をつねられた。

「無礼なことを言うんじゃない！」と大声で怒鳴りたい様子で拳を握りしめている。あまり無愛想にしていると、本当に殴りつけられそうだ。

「昼間はお忙しい中、誠にありがとうございました。どうぞ、今後とも父を宜しくお願い致します」

『そう邪険にしなくてもいいだろう。私は君の仇ではないぞ』

「苦情でしたら拝聴します。どうぞ」

『昼間のことを気にしているのか。あんなものはどうでもいい。そんなことよりも実は折り入って君に頼みがある。既に御父上には話を通したが、こうして直接話をしておくのが君の言った筋というものだろう』

「当てつけがましいですね。いたっ」

　今度は後頭部を父に小突かれてしまった。

『私の元で働いて貰いたい。よりよい作品作りの為に』

「お断りします。僕は学生ですから、本分は勉学に励むことです」

『それについても心配はいらない。修猷館の校長とは普段から懇意にしていてね。それとなく学業と奉公の両立について相談をしてみたら、是非にと太鼓判を押して貰った。これで授業の合間や、少し早めに抜け出してしまっても問題にはならないだろう』

この男が一体何を言っているのか理解できず、思考が停止してしまった。この男の話が全て真実なら、既に僕が香月の元で奉公をすることは決定事項であり、この電話の主題は相談ではなく、ただの報告ということだ。

『その代わり私は麒麟橋出版社と専属契約を結ぶことにした。契約が続く限り、今後私が他社で本を出すことはない』

愕然としながら父の方を見ると、今まで見たことがないほど目を輝かせていた。香月蓮との専属契約を取りつけたなんて話、出版社からすれば大金星だろう。今後の売上増を考えれば、これ以上の朗報はない。

『勿論、君への給金には相応の額を支払おう』

外堀を完全に埋められてしまっている。もはや、何処にも逃げる術はない。

「どうしても分からない。何故僕なんですか。いや、そもそも何をさせようというんです」

『言っただろう。よりよい作品作りの為だ。それだけだとも』

他意はない、と電話口の向こうでほくそ笑むのが分かった。

「……あなたの稚児(ちご)になるつもりはありませんよ、いてっ！」

先程よりも強く小突かれてしまった。冗談が通じない人だ。

『明日の朝、また家を訪ねて来なさい。今度は隣の民家へ入るといい』

お断りします、と僕が口にするよりも早く電話が切られてしまった。これはいよいよ、後戻りが出来なくなったように思う。

「春彦、よくやった！　よくやったぞ！」

喜ぶ父の暑苦しい抱擁を受けながら、廊下の奥で同じように目を輝かせている兄の姿が見えた。悲しませてしまうかと思ったが、兄は嬉しそうに頷きながらこちらへやってくると歯を見せて笑う。

「やはり香月先生は人を見る目がある！」

「……兄上。本当に世の中というのは侭なりませんね」

「私はお前のことが誇らしいよ。ぜひ、サインを貰ってきておくれ」

それから話を聞きつけた弟と妹がやってきて、実に騒がしいことになってしまった。皆が楽しげに万歳三唱を繰り返す中、僕だけがうんざりとしていた。

平和で物静かな僕のありきたりな日常は、当分の間、戻っては来ないのだろう。

三

翌朝、朝餉を済ませて出かけるのを渋っている所を父に見つかり、半ば強引に家から追い出された。着物でよいかと思っていたが、父が正装で行けというので、学生服に制帽と外套という格好になってしまった。僕の休日はいったい何処へ消えてしまったのか。こんなことなら、いっそ早く明日となって学校に行く方がずっといい。

呉服町の電停から九鉄の路面電車へ乗り込み、箱崎を目指す。

ちょうど東公園の電停に差しかかった所で、隣に座る男たちの会話が耳に飛び込んできた。

「お前、あん噂ば聞いたや？　堅粕町（かたかすちょう）のバラバラ事件」

「おう、今朝の新聞で読んだぞ。また出たな。これでもう今月に入ってから何人目やろうか。動物園の虎でも逃げ出しとうとじゃなかか？」

物騒な話だ。そういえば数週間ほど前の新聞にも獣が食い荒らしたような遺体が見つかった、とあったが、あれと同様の事件だろうか。確か多々良（たたら）村だったと記憶している。

「最初の犠牲者が出てからもう半年か。やはり虎やのうて妖怪じゃろうか」

「人食いの化け物か。なんにせよ、灯りが届かんような道は通らんがよかかな」

二人が違う話題を始めたので、こちらも聞き耳を立てるのをやめたが、人食いの化け物というのは無理がある。せいぜい死体を野犬が食い荒らしたか何かの仕業だろう。新聞というものは事実を誇張して書くものだ、と和泉先生も常々言っていた。記事を鵜呑みにしてしまうようではいけない、という先生の言葉は正論だ。

終着駅の箱崎で電車を降りたが、どうにも気が進まない。

とりあえず身の安全を祈願すべく、筥崎宮の本殿へと続く参道を進んだ。日曜の朝にも拘らず、参道には大勢の参拝客の姿があった。御潮斎の為の砂を求める者も多い。

本殿へ祈願を済ませると、幾分か気持ちが晴れたように思う。

僕は神仏の類いを信仰している訳ではないが、やはりこうして神社で参拝をすると不安が少し晴れるような気がする。太鼓判とまでは行かないが、足踏みしている自分の背を軽く後押しして貰える感覚に近い。

「さっさと片付けて帰ろう」

一応、給金が出るという話だから貯蓄に回しておけば将来の役に立つし、お金はあって困るということはない。これも将来の糧だと思うことにした。

香月蓮の居宅は、こうして外から眺めると鎮守の森にしか見えないが、その隣の家はいかにも金持ちの邸宅という造りをしていた。

「……民家って話だったよな」

このご時世、こんな御屋敷に、しかも筥崎宮からほど近い場所に敷地を持てるのは社家の者か、或いはその近親者くらいのものではないだろうか。立派な冠木門（かぶきもん）にかかった表札には『葦津（あしづ）』とあった。

「ご免ください。どなたかいらっしゃいませんか」

勝手に中へ入っていくのは憚られた。とりあえず中へ声をかけると、暫くして奥の庭から藤（ふじ）色の着物に身を包んだ女性が現れた。歳は母よりも少し上くらいだろうか。四十やそこらのようだが、無駄な贅肉がなく、背筋がよいせいか随分と若々しく見えた。

豊かな髪を緩く結った優しげな女性で、ふわり、とい匂いがした。

「ああ、あなたが春彦さんね。瀬戸春彦さんでしょう」

にこり、と微笑むと目尻に柔らかい皺ができた。

「はい。そうです。香月先生から、こちらへやってくるように言いつかってきました」

制帽を脱いで頭を下げると、彼女も静かに叩頭（こうとう）した。

「ご苦労様です。あの方のお相手をするのはさぞ大変でしょう。申し遅れました。私は芦塚（あしづか）琴子（ことこ）と申します。――どうぞ、お上がりください」

表札にあった葦津ではなく、芦塚と名乗ったのが少し気になったが、呑み込んで彼女の後に続いて門を潜った。飛び石を踏んで玄関に入り、青石の沓脱（くつぬぎ）から上がらせて貰う。

「てっきり香月先生のご自宅は、隣の家なのだと思っていました」

「いえ。普段から坊ちゃまはあちらで寝食をなさっていますから、家と申し上げても過言ではありません。作家として身を立てられるよりも前から、お一人で生活をしていらっしゃいます。

勿論、お食事や身の回りの世話をする奉公人は別におりますが」

　どうやら筋金入りの御曹司のようだ。

　廊下を進みながら、何処かの座敷に通されるのだと思っていたら、いつの間にか一番奥にある台所まで来てしまった。

「お履物はこちらの雪駄（せった）をご利用ください。音が出ますと執筆の障りとなりますから」

　目の前の勝手口を呆然と眺めながら、首を傾げずにはいられない。

「外へ出るのですか？」

「はい。坊ちゃまは離れでお待ちです」

　言われるがまま雪駄を履いて勝手口から屋敷の裏へ出ると、屋根を設けた地下への入口が視界に飛び込んできた。地面を掘ってくりぬいたような石段が、数メートル下まで続いている。

　壁面には電灯が等間隔に設けてあり、スイッチを入れると地下道が光に満たされた。

「この地下道を進めば離れの中へと出られます」

「……えらく凝った造りですね。排水も設けられてるみたいですし、石垣がモルタルで補強されてる」

「あら。お詳しいのね」

「うちに出入りしている大工の方に教わりました」

　古い家なので使っていて不便な箇所は小まめに修繕をしておかないといけない。父はそういうことには無頓着なので、気づいた母が近所に済む年配の大工に修繕を頼むのだ。棟梁ではないのだから今は営繕屋だ、と本人は口を酸っぱくして言っているが、木材を買ってきて何でも作り上げてしまうので大工が相応しいと家族の誰もが思っている。僕や弟はその作業を横で眺めて、あれこれと尋ねるのが昔から好きだった。

「あの方にも話して差し上げてくださいね。きっと喜びますから」

朗らかに微笑んだ琴子さんに頷いて、僕は地下への階段を降りていった。下まで降りきると、真っ直ぐな地下道が隣の敷地へと伸びている。足の裏に硬くごつごつした地面を感じながら、冷たい土と湿気の匂いがする道を進んだ。

道幅は想像していたよりも広く、大の大人が二人で横に並んでもまだ少し余裕があるだろう。とはいえ、家事をする為にこの道を忙しなく行き来せねばならない奉公人の苦労を想像すると同情せざるを得なかった。

道の先には入口と同じように階段があり、そろそろと上っていくと広大な台所の一角へと出た。地下道の出口が屋内にあるというのは実に不思議だ。

台所の土間で雪駄を脱いで、廊下へと上がる。

「瀬戸春彦です。罷(まか)り越してございますぅ」

廊下の奥へと声をかけると、ややあってから着流し姿の香月蓮がやってきた。

「遅かったじゃないか。待ち侘びたぞ」

「時間の指定は受けておりませんでしたので」

「早速、出かけたい所だが、少し話をしてからにしよう。こっちに来たまえ」

「出かけるって。いったいどちらへ？」

香椎宮、と香月は短く切るように言った。

「香椎宮の前に立つ占い師の一人が、人の死ぬ日時を言い当てるという。その真偽を確かめに行く。偽物か、本物か見極めたい」

つい先日、兄との会話に上ったのを思い出す。

「私も兄から同じ話を聞きました。しかし、時間まで言い当てて見せるというのは眉唾が過ぎるのでは？」

「ああ。なんとも不可思議だろう。心が躍るというものだ」

僕は香月を呼ぼうとして、果たしてなんと呼ぶべきか逡巡した。先生と呼ぶのが一般的だろうが、この男は僕の教師ではない。奉公をするのだから旦那様と呼ぶべきだろうか。いかにも媚びへつらっているようで気分が悪い。かといって呼び捨てにするのは間違っている。

僕の逡巡を感じ取ったのか、香月が可笑しそうに微笑んだ。

「私のことは好きに呼ぶといい。どんな呼び方でも赦そう」

「そういう訳にはいかないでしょう。……さしあたり先生と呼びます」

「人前ではそれが無難だろうな。慣れてきたなら好きに呼ぶといい。私は春彦と呼び捨てにさせて貰うが、構わないか？」

「はい。奉公人ですから」

「あれは方便だ。春彦、君には僕の助手をして貰わなければ困る」

「まさか作家を辞めて、探偵になるつもりじゃありませんよね？」

「それも大いに面白そうだが、生憎、創作行為に勝るものはない。これは好奇心を満たす為だ。この大正の世にある不可思議を確かめたいとずっと考えていた」

香月に通されたのは美しく整えられた洋間だった。板張りの床に、西洋の家具。ソファの片方に香月が腰を下ろし、僕はその向かいに腰を下ろす。

「お茶の一つでも出してやりたい所だが、当番の奉公人が腰を痛めていてな。無理に出てきたのはいいが、医者に診せてそのまま横にさせている」

「お気遣いなく。……あの、母屋(おもや)で対応に出ていらした女性はどなたですか？」

「ああ、琴子は奉公人ではないよ。分家の人間だが、葦津家の一員だ」

なるほど、と得心がいった。

「春彦。先の占いの件をどう思う」

「どうもこうも。いかさまの類いだと思いますけど」

人が死ぬ日というだけでも怪しげだというのに、時間まで言い当てるとなれば失笑する者もいるだろう。

「だが、今週に入ってから二人も占いの通りに死んだ者がいるという」

「え？」

「占いの通りの時間に、どちらもまるで違う場所で息絶えたそうだ」

「本当ですか」

「おかげで霊験あらたかだと連日盛況らしい。自分の死ぬ日時を知りたい者がそれほどいるのが不思議でしょうがない」

「盛況なのは他の占いの方でしょう。人の死ぬ日を正しく言い当てるほどの力があるとなれば、己の将来の恋人や、仕事の行方などを尋ねたくなるでしょうし」

僕がそう言うと、香月は感心したように何度も頷いてみせた。

「なるほど。道理だな」

「それにしてもそこまで的中させるとなると、きな臭いですね」

故意にそうなるよう仕組んでいる、という方がしっくりくる。

「確かに。実際、警察も殺人事件の可能性アリとして捜査をしているらしいからな。数人の容疑者がいるものの、どれも決め手にかけていて捜査は暗礁に乗り上げているらしい」

さらり、とさも当然のことのように警察の捜査情報を口にする。

「待ってください。どうしてそんなことを知っているんです」

僕の問いに香月は、きょとんとした顔をした。

「どうしても何も。この話を最初に持ってきたのは知り合いの刑事だ。昔馴染みで頭の方はまったく大したことはないが、体力や膂力は人並み外れている奴でな。捜査に行き詰まると私に電話を寄越してくる」

「……懲戒ものではないですか」

「犯人を検挙することができるのなら手段を選ばない男だからな。私たちが話さなければ問題はないだろう」

「先生も事件解決に協力していたりするんですか」

「私は何度か助言をしただけだ。素人の着眼点という奴だな。人というのは一方向からしか物事を見ようとしないから、違う視点を持つ人間がいると別の側面が見えてくることがある」

大したことじゃない、と先生は言った。

「春彦。私は良い作品というものはそれがどんな感情であれ、読んだ者の心を震わせるものだと思っている。それがない作品は駄作だ。己の孤独をただ文字に連ねているだけではいけない」

「その辺りのことを素人の僕に言われても、よく分かりません」

ただ昨日、読んだ『終着駅』は確かに心が震えた。作品の端々で語られる主人公の心中や、二人のすれ違いも心を掴んで離すことがなかった。終盤の怒濤の展開には一喜一憂せずにはいられなかったのは確かだ。

「物事への関心を失い、感性が摩耗してしまえば作家は死んだも同然なのだよ」

「だからといって、こんな怪しげな事件を追いかけずとも良いでしょうに」

「好奇心が湧いてしまったのだから仕方がない。こういう衝動めいたものは自分でも始末に負えないものだ」

つん、と猫がそっぽを向くように視線を窓の外へ投げる。

「さて、そろそろ出かけるとしよう」

「……分かりました。お供しますよ」

「春彦。先に断っておくが、私は体力なるものに全く自信がない。無理をすればたちまち体調を損なうほど虚弱だ。よく覚えておくように」

「……開き直らないでくださいよ」

僕は生まれついて肌が異様に白かったが、香月の白さは日を浴びていない者特有の青白さがあった。持病で長い間入院をしていた従兄弟と同じ、血の気のない肌色をしている。

「休憩を取りながら行きましょう。此処からなら香椎村までそう遠くはありませんよ」

それから二人で地下の通路を通り、葦津家の玄関から出かけることにした。琴子さんは香月に日傘を差しだしたが、腕が疲れるので要らないと言う。どことなく外出前の母と弟のやり取りを思い出す。

外へ出ると、春の陽気が少し暑いくらいだった。どこからともなく梅の香りが漂ってきて、鼻をむずむずとくすぐる。

「電車で香椎まで行きましょうか」

振り返ると、香月は玄関の前で立ち尽くしたままゆっくりと息を吸って、細く長く吐いた。その顔には緊張と期待で強張った笑みが浮かんでいる。

「大丈夫ですか」

「ああ。人混みというのは幾つになっても緊張するものだろう？」

人混みで緊張などしたことがない。呉服町の辺りは年中いつも人で溢れかえっているので、人が少なくてがらんとしている方が奇妙に思うほどだ。

「大袈裟ですよ。日曜なので、それなりに人出が多いとは思いますが、博多に比べたらなんてことはありません」

九州本線の箱崎駅までの道中、香月はまるで子供のようにあれこれに目を奪われていた。あれはなんだ、これはなんだ、と指差して聞いてくるので一向に進まない。よくもこれで小説家が務まるものだ、と思ったけれど、どうやら香月は知識ばかりが先行して実物を見たことがないようだった。

例えるのなら、図鑑や辞書でどういうものであるかは知っているが、実際に目にしているわけではないので理解しているとは言い難い。そういう状況であるらしい。

僕はこの男が糸の切れた風船さながら何処かへ勝手に飛んでいかないように、手を掴んで箱崎駅まで向かわなければならなかった。

「なんでそうあちこち寄り道をしようとするんですか。うちの弟たちの方がまだ真っ直ぐに歩きますよ」

「春彦。あれはなんだ。何を売っている？」

「人の話を聞けよ。――あれは梅ヶ枝餅の露店ですよ。休日にはあちこちに並ぶんです。日曜の筥崎宮ならだいたいこうだと思いますよ」

ほう、と感心したように言うと、あっという間に露店へ駆け寄っていく。

「はい、いらっしゃい。ご入り用で？」

恰幅のいい女性が愛想よく挨拶をしながら、手元では器用に火にかけた金型をくるくると回転させていく。

「ご婦人。これはどういう食べ物だろうか。太宰府で有名な梅ヶ枝餅と何か関係が？」

「ええ。正真正銘、これが太宰府の銘菓ですよ。お一つ如何ですか？　うちは小豆が余所とは違いますよ」

「素晴らしい。ご婦人、二個包んで頂けますか」

「ありがとうございます。焼きたてを包んであげますからね。熱いから火傷（やけど）をしないように気をつけて」

代金を支払い、紙に包んだ一個をこちらへ寄越す。

「春彦。食べておきなさい。甘いものは疲労回復に良い」

「甘い物は嫌いだったのでは？」

「和菓子は別だ」

「今まで梅ヶ枝餅を食べたことがなかったのですか？」

福岡に暮らす人間で梅ヶ枝餅を食べたことがない、という人間に初めて会ったように思う。どこの祭りでもこの幟（のぼり）を必ず見かける。

「そうだ。初めて食す。勿論、名前だけなら知っていた。太宰府天満宮の祭神、菅原道真公に老婆が餅を枝に刺して渡したという逸話から誕生したという銘菓だ。――外の皮が香ばしいな。うむ、噛めば焼いた餅が軟らかく、中には餡子が詰まっているのか。この食感は未体験のものだ」

よく喋るな、と半ば感心しながら僕も梅ヶ枝餅を頬張る。正月に食べたきりなので、久しぶりだがやはり美味しい。

「そういえば宮地嶽神社のある界隈にも松ヶ枝餅なるものがあるが、春彦は知っているか？」

「聞いたことはあります。でも、梅ヶ枝餅と製法自体は同じだと言いますから、それほど大差はないでしょう」

「あちらは緑色をしていて三階松の焼き印があるという」

「緑ということは、よもぎ餅なのでしょうね」

「そうか。よもぎ餅か。それも食してみたいものだ」

それから梅ヶ枝餅を平らげて、ようやく箱崎駅へ辿り着くことが出来た。僕ひとりなら二回は往復できるくらい時間がかかってしまったが、梅ヶ枝餅が食べられたので良しとする。

「ここが箱崎駅の駅舎か。なるほど。写真を眺めるのと実物をこうして見るのとは感じ方がまるで違うな」

人々が行き交う中、物珍しい様子で小さな駅舎をしげしげと眺めている男が、あの香月蓮とは誰も夢にも思わないだろう。

「春彦。私は少し外観を眺めてくるから、少し待っていなさい」

「いえ、僕は切符を先に買ってきます」

「そうか。切符か」

「ええ。混んでいると思うので。あまり遠くに行かないでくださいね」

「二人分か。幾らだ？」

「出して貰えるんですか」

「当たり前だろう。これは私の仕事だ。出費は全て経費になる。これだけあれば足りるだろうか」

差し出された数枚の紙幣を見て、僕は眉を顰めた。

「こんなに要りませんよ」

「昼食代や他の出費もそこから出しなさい」

「それでも多過ぎやしませんかね」

切符売場には行列が出来ていて、休日ということもあるせいか、家族連れが多いように思う。箱崎へやってくる者は筥崎宮への参拝か、あるいは箱崎浜の水族館が目的だろう。

ややあってから、前の家族連れが切符を買い終えて改札の方へと進んでいく。

「次の方」

売り場の職員が慇懃に頭を下げる。それから僕の顔を見て、ほんの少しだけ怪訝そうな顔をした。

「すいません。香椎まで大人二枚お願いします」

「香椎ね」

支払いを終えて切符を手に一度外へ出る。香月は駅舎を出て行く人々を観察しているようだった。

「切符を買ってきました。行きましょう」

「春彦。君もああして家族でよく出かけたりするのか？」

「そうですね。年に何度かはああして行楽に行きますよ。ただ兄や僕は学業や学友との付き合いがありますから、普段は両親が弟と妹を連れて出かけることが多いです」

「そうか。名前は秋彦に冬子、もしくは秋子に冬彦か？」

「勘が宜しいことで。秋彦に冬子の方ですよ」

切符を手渡すと、香月はそれをしげしげと眺めた。およそ今まで触れたことがないという様子をしている。

「えらく物珍しそうに見ますね」

「ああ。実物は初めて見る。そもそも列車にも乗ったことがないからな」

「……まさか、今まで屋敷の外へ出たことがないだなんて言いませんよね」

「いや、何度かはある。だが、こうして好きにあちこち出かけられるようになったのはつい最近のことだ」

どうして、という言葉を慌てて呑み込む。そこまで踏み込んだ質問をするのは気が引けた。事情を話されても僕には返す言葉がない。

「よくそんなんで小説が書けるものですね」

「創作には実体験が不可欠だと？　想像力と知識、それから充分な語彙さえあれば物語を綴るのは事足りる。作家が己で経験したことしか文章に出来ないと思ったら大間違いだ」

この香月蓮という作家は、あの外界から隔絶された屋敷で様々な作品を想像から作り上げた。そう思うと僕は少しだけ恐ろしかった。あの本に紡がれた文章がどうして美しいのか。その理由が分かったような気がした。

「春彦。どうかしたのか？」

「いえ。やっぱり小説家なんて人は変人なのだな、と」

「ははっ。よほど変人の類いにしたいのだな」

怒るどころか、むしろ楽しげに香月は笑う。

改札を潜ってからホームへ行き、やってきた列車をやはり好奇心旺盛に眺めて危うく乗り損ねる所だったが、どうにか発車時刻に間に合うことができた。

香椎駅までそれほど時間はかからない。歩いて向かえばこうはいかない。多々良川を越えてからも暫く歩かねばならなかった。

香椎駅の改札を潜った正面出口には灯籠があり、そこに『香椎宮参拝下車駅』とある。目の前の香椎潟には様々な鳥が餌を取っている姿が見えた。

「思いの外、学生が多いな」

「休日ですからね。どこも似たようなものですよ」

「瀬戸家は呉服町に家を構えているのだったな。よく中心街で暮らしていられる。酷い喧騒だろう」

「お分かりにはならないと思いますけど、街中はとかく便利が良いですから」

香椎宮までの道筋を駅前の案内板で確認しておく。

「それほど遠くはないようだな」

「すぐそこですよ」

参拝へ向かう者たちの後に続くようにして駅を離れた。

線路を横断すると、石の鳥居を潜って参道へ入る。木々の枝葉が影を落としているおかげで、日差しから逃れることが出来た。

この参道の先に香椎宮がある筈だ。

春彦、とか細い声が背後から聞こえた。振り返ると、石の鳥居にもたれかかるように香月が青い顔をしている。ぜぇぜぇ、と息を切らしていた。

「休憩しますか？」

「大丈夫だ。問題ない」

「すいません。もう少しゆっくり行きましょう」

息が荒い。まだ屋敷を出て一時間も経っていないが、酷く疲れているように見えた。虚弱だと自分でも話していたが、本当に体力がないのだろう。このまま無理をすれば貧血を起こしてしまうかも知れない。

僕は辺りを見渡してから、バスの停留所の脇にベンチを見つけた。

「あそこで少し休みましょう」

頷いた香月に肩を貸して、ベンチへ腰を下ろさせる。顔色が悪い。貧血のきらいがあるのかもしれなかった。

「先生。無理をせずに今日は一度ここらで帰りませんか」

「大丈夫だ。少し休めば脈も治まる」

この様子だと、初めての事ではないらしい。

「少し此処で待っていてください」

ついさっき幟を見かけた時から目星をつけていたのだ。店へと小走りで向かい、注文をするとすぐに硝子のコップへと注いでくれた。

香月の元へ戻り、冷えたそれを差し出すと露骨に怪訝そうな顔をする。

「なんだ、この白い液体は」

「甘酒です。この季節は冷やしてあります。滋養があるので飲んでください」

「……私は酒を好かない」

「米麹からできているので子供でも飲めますよ。騙されたと思って飲んでみてください」

「いや、いい」

甘酒も飲んだことがないのか、この男は。

「いいから飲め」

ぐい、と押しつけると渋々といった様子でコップに口をつけた。それから恐る恐る一口含むと、気に入ったようでごくごくと飲んでいく。

「……うん、美味いな」

「体調が優れないのなら正直に話してください。無理をして倒れないか心配なんですよ」

「なぜ君が心配するんだ？　私が倒れるのは私の責任だろう。虚弱に生まれた私が悪い」

きょとん、とこの男は大人のくせに訳の分からないことを平気で口にする。

「僕はあなたの助手ですから。それと好きで虚弱に生まれてくる人なんかいませんよ。どうして悪いだなんて言うんですか。そうして生まれついたのだから仕方がないじゃありませんか」

「それでも他人に迷惑をかけて生きるのは、当人からすれば辛いものだ」

香月の言い分は確かに一理あるかもしれない。でも、僕はそんな風に思って欲しくなかった。

「……僕が好きでやっていることです」

「春彦」

「いいからもう、しっかり飲んでください」

言葉を遮ってそっぽを向く。生まれついての性質はどうにも出来ない。本人がどれほど望んでも変えられないものはある。

「ああ」

「ゆっくりで構いませんから」

やがて香月が甘酒を飲み干したので、僕は空になったコップを店へと返しに行く。参道沿いに軒を連ねる小さな飲食店で、ラムネや汁粉も出しているらしい。寂れた店舗の奥から聞こえるラヂオのひび割れた音が何処かの訃報を報せていた。

「ご馳走様でした」

「はい、またご贔屓に」

そう言ったおじさんがこっちを見て、待ちなさい、と声をかけてきた。捻りはちまきをした初老のおじさんで、肌が日に焼けて黒々としている。

「学生さん。アンタ、これから香椎宮へ行くとね？」

「はい。そのつもりですけど」

「……悪いことは言わんけん、あの界隈で占いばしよるトリデたちとは口ば利かん方がよかぞ。変なとに掴まると後が怖いけんな」

「トリデ？」

「そうたい。熊本から流れてきたらしいばってんが、いつの間にか居座って迷惑しとるとよ。宮司の人も気味悪がってなあ。俺たちも困っとうとよ」

「そのトリデっていうのはなんなんですか？」

「まぁ、話しかけられても口ば利かんやったらよか」

聞き覚えのない単語ばかりで要領を得ないが、とにかく気をつけた方が良いということはよく分かった。

「ありがとうございます。きっとそうします」

気ばつけれよ、と最後まで声をかけられてしまった。

香月の元へ戻ると、先ほどに比べると幾らか顔色が戻っているように見える。

「君のおかげで助かった。礼を言う」

香月の隣へ腰を下ろし、制帽を目深に被り直した。

「具合はどうですか」

「ああ。だいぶ楽になった。やはり小まめに水分を摂らないとな」

「今日は日差しがありますからね。そういえば、そこの店で興味深い話を聞かせて貰いました。僕には正直、何が何やら分かりませんでしたが」

「ほう。なんと？」

「占いをしているのは熊本から流れてきたトリデだと言っていました」

香月は僕の言葉に俄に笑みを浮かべると、納得したように頷いてみせた。

「そうか。トリデと言ったのか」

「はい。どういう意味です？」

「歩き巫女の別名だ。地方によって色々と呼び方がある。熊本はトリデと言うのだったな」

「歩き巫女、ですか」

「そうだ。巫女が籠もる場所のことを砦と呼んだのが、トリデの名の由来と何かの文献で読んだことがあるが、この辺りは諸説あるからな。春彦は歩き巫女についてどれくらい知っているる？」

どれくらいも何もそんな言葉、聞いたこともない。

「神社の巫女さんとは違うのですか？」

「神社に仕える巫女と違い、歩き巫女は特定の神社に所属しない。元々は諏訪神社の信仰を各地へ伝える為に生まれた巫女だとも聞く。祈祷、託宣、勧進で生計を立てるが、中には遊女のようなことをする者もあるという」

「占いもするんですか？」

「託宣がそれに近いだろう。最近、有名なのは易卜(えきぼく)だろうが、あれとは少し違う」

「易卜というと『当たるも八卦当たらぬも八卦』という奴ですね」

「そうだ。周易(しゅうえき)の話をすると長くなるが、詳しく聞くかね？」

ただでさえよく喋るこの男が、自ら長いと前置きをするのだから余程のことだろう。

「かいつまんで、極力短く説明してください」

「それぞれに意味を持つ五十本の筮竹(ぜいちく)を使って吉凶を占う。この世の全ては陰陽の組み合わせで出来ていて、互いに常に干渉し合っている。故に筮竹の動きにも陰陽の影響があると考え、将来を占うんだ」

充分長い内容だったが、要点は理解できた。

「これに対して託宣は神託。神のお告げだ。数多(あまた)ある神々の中から、いずれかの神を降ろして声を聞く。この二つは似ているようで性質がまるで違う。易卜は自然の中から因果を読み解くもので、託宣は神に伺いを立てるものだ」

香月の言いたいことは理解できたが、そもそも託宣というものを僕は信じていない。この文明の発達した大正の世にあって、占いなど非科学的だ。

「まさか神に人が死ぬ日を聞いた、とでも言うつもりですか」

「それを今から確かめに行くのだろう」

「そもそも巫女って禁止されているんじゃないんですか？」

明治に巫女禁断令というものが発布された。これによって民間の巫女は禁止されてしまった筈だ。

「そうだ。だが、あくまで表向きの話だな。呼び方を変えたり、神社の所属として巫女を続けたりする者は後を絶たない」

「でも、いずれは消滅しますよね」

「そうだ。だからこそ、見ておく価値があるんじゃないか。貴重なものだぞ」

馬鹿馬鹿しい、と思う反面、ここまで来たら確かめたいという気持ちがない訳ではない。せめて、この眼で見ておくべきだろう。

参道を再び進んでいくと、ようやく左側に石造りの鳥居が見えてきた。大変な賑わいがあり、参拝客でごった返している。

しかし、よく見ると人だかりが出来ているのは神宮の外で、砂利が敷き詰められた場所に輪のようになって人が集まっていた。

「春彦。きっとアレに違いない」

香月は先ほどの不調などなかったみたいに、浮き足だった様子で輪の中へと加わっていく。

しかし、僕が見る限り、この人だかりの輪は六つほどある。誰が件の予言めいた占いをするのだろうか。

びぃん、と弦を鳴らすような音がした。妙に間延びした音で、冬子が手習いに行っている琴の音色とは随分と違う。

香月の後に続いて輪の中へ加わると、その中央の様子がよく見えた。

茣蓙の上に座っているのは香月と変わらないぐらいの年齢の女性で、とても整った顔立ちをしている。音の正体は彼女が手にしている小さな弓で、これを指で引っ張って放すことで音を立てていた。

「鳴弦だ」

僕の斜め上から香月の声がした。

「音を鳴らすことで邪気を祓うと聞く。平安の世に始まったそうだ」

「やけに詳しいですね」

「鳴弦の儀は重要な神事だからな」

常識のように言われても困る。

女の人の手には弓があるが、目の前の机には紺色の風呂敷で包んだ箱のようなものが置かれていた。

「うっ」

「どうした？」

「何か変な匂いがしませんか？　獣臭いというか、血腥い匂いがします」

「春彦は鼻が利くな。私にはまるで分からん」

あの箱の方から漂ってくるような気がするのは僕だけだろうか。なんとも気味が悪い。

「あの女の人がトリデですか」

「そうだろうな。伝え聞いた通りの格好をしているから、まず間違いないだろう」

彼女は小豆色の小袖に白い上着を羽織り、白い脚絆、さらに白い腰巻をしていた。黒い豊かな髪を下ろして、少しだけ俯いてうなり声のような歌を口ずさんでいる。

机を挟んで、茣蓙にあぐらを掻いている男は大柄で粗野な顔つきをしていた。どう見ても堅気(かたぎ)ではない。着崩した着物の内側には刺青がびっしりと見える。

男は下卑た笑みを浮かべて、目の前の女のことを舐め回すように見ていた。

「巫女さんよ。俺がくたばる日は分かったかい。名前も生まれた日も教えてやったんぞ。これだけ待たせとって分かりません、なんてのじゃつまらねえぞ」

男が凄むと、女の指を弾いていた手が止まった。すっと顔を上げて、目の前の男を静かに見る。人形のように整った顔立ちなのに、挑むような瞳をしていた。

「……何度も申し上げたように、私はそのような託宣は致しません」

「なんてや。つまらんことば言うなよ。お前さん方のどいつかが人の寿命を言い当てるとやろうが。そいつを此処へ連れてこい。これじゃあ、わざわざ筑豊(ちくほう)から出張ってきた意味がねぇやねえか」

「……神に問うものがなければ、お力にはなれません。どうぞお引き取りください」

弓を脇へ置いた女に、男が舌打ちしたかと思うと、急に机を足蹴にした。物々しい音と共に箱が地面の上へ転がり、咄嗟に女が周りの視線から隠すように覆い被さる。

「つまらねぇな。おい、それなら春を売って貰おうか。そうすりゃ幾らかこっちの溜飲も下がるってもんだ」

「……私たちは祈祷と託宣だけで身を立てております。迷惑です」

周りが騒然とする中、香月は神妙な顔をしていたが、何やら声を発そうとしたので慌てて口を手で塞ぐ。

「春彦。なんのつもりだ」

「こっちの台詞です。あんなヤクザ者を相手にどうするつもりですか」

青ざめる僕の問いに、香月は怪訝そうな顔をした。

「どうするもなにもない。あの男の心得違いを指摘してやるつもりだ。確かに旅芸人や遊女を兼ねた歩き巫女も存在したが、全ての歩き巫女を遊女と断じて身体を売れと迫るのは愚かなことだ。それに、あの男が蹴飛ばした箱は彼女たちにとって非常に重要な」

「はいはいはい。分かりました。分かりましたから静かにしていて貰えます？」

指摘した後のことまで考えて話せ。

僕たちがそうして揉めていると、不意に人垣を割って少女が躍り出た。線の細い女性で、まだ前髪があるので僕と同い年くらいではないだろうか。顔立ちがどことなく、弓を持った女性に似ている。艶やかな黒い髪をきつく縛って頭の後ろへ結い上げていた。

「姉から離れてください」

凜、とした声に男が眉間に皺を寄せた。

「なんか、お前は」

唸るような声にも怖じる様子もなく、少女は挑むように男を見ている。周囲の人間も男がヤクザ者であることは理解しているので間に入ることが出来ないでいたのだ。そんな中で声をあげた少女に周囲の視線が集まる。

「千代。やめなさい」

この二人は姉妹なのか。顔つきよりも、その透き通ったような声がよく似ていた。

「ご自分の死ぬ日が知りたいのでしょう？　ならば私が託宣をいたします。その代わり今すぐ、私の姉から離れてください」

おお、と周囲でどよめきが起こった。まるで面白い催しが始まったように周囲が熱に浮かされていく。

「威勢のいい啖呵ば切るとはよかが、適当なことば言いよるとじゃなかろうな」

「……もしも外れたなら、私の身体を好きにすればいい。まだ男を知らない巫女の身体です。歳が彼女より若い分、こちらの方がいいのでしょう？」

誘惑するような言葉とは裏腹に、そこには烈火のような怒りを感じた。

ヤクザ者の目が変わった。怒りが下卑た笑みになり、舐め回すように目の前の少女を見る。

その様子に姉の方が血相を変えた。

「千代！　駄目よ、それだけは駄目」

「八重姉さんは下がっていて」

「千代はそんなことしなくていいの」

「託宣を聞きたいと言うのなら、応えてあげるのが巫女の役割でしょう」

「関わらないで欲しいのよ」

「それは私も同じよ」

蹴飛ばされた机を戻し、莫蓙の上へ座る。机を挟んだ向こうに座った男は舌舐めずりをしているように見えた。

「先生。警察を呼んできた方がいいでしょうか？」

香月は僕の言葉に反応しない。目を輝かせて目の前の騒ぎの顛末を見届けようとしていた。こちらの声など初めから届いていないのだ。

千代と呼ばれた少女は目を閉じて、弓の弦を弾き始める。びぃん、と響くような低い音が一定のリズムで繰り返されていく。香月は鳴弦だと言っていたが、聴いていると、どうにも不思議な気持ちになってくる。

「素晴らしい。彼女は正真正銘の巫女だ。神懸かりとなって託宣を下すのだろう」

「神懸かり？」

「神をその身に降ろすのだよ」

胡乱な話だ、とはとても口に出来なかった。けれど、確かに少しずつ、この場の空気が変容していくような気がした。得体の知れない何かと重なって、繋がっていくような感覚に辺りが支配されていく。

「神代の時代には神を降ろす際、神の依り代となる巫女、楽器を鳴らす楽人、神に問う者が必要とされた」

香月の話から考えれば、目の前の状況は神を降ろす巫女が楽器を鳴らしている。

「託宣を受ける人が、神に問う役割ということですか」

「そうだ。幾ら時代を経ようと必要な要素は変わらないものだな」

興味深い、と香月は楽しげに笑う。

やがて弦の音が止むと、巫女がゆっくりと顔を上げた。瞼を半分だけ開いているが、意識が朦朧としているのか、焦点が合っていない。口の端から糸のように細く涎(よだれ)が垂れている。

言いようのない異様な雰囲気に、首すじがぶるりと震えた。

「降ろした神に謝罪をし、今すぐにこの場から立ち去ってください。今ならば、まだなかったことに出来ます。——千代は本物です」

ヤクザ者も血の気のない顔をしていたが、これだけの衆目を前にしては後に引けないだろう。中洲でもよく見かけるので承知しているが、彼らは面子が何よりも大事だ。子供を相手に、おまけに女の子から尻尾を巻いて逃げることなど出来る筈がない。

「やかましい！　とっとと占え！　俺がいつ死ぬか言うてみろ！」

顔を真っ赤にした男が唾を飛ばして叫ぶ。

『——大正十年三月七日』

きっと、その場の全員が息を呑んだ。男でも女でもないようで、男でも女でもあるような幾重にも重なり合った声が、千代という巫女の言葉を借りて紡ぎ出ていた。

血の気が引くという思いを生まれて初めて知った。

「ふざけるんやなかぞ！　今日やねぇか！　俺が今日、死ぬて言うとか！」

激昂して立ち上がり、巫女の胸ぐらを掴み上げようとして、男の動きが止まった。

「あ？」

どろり、とした赤い血が鼻から垂れていた。雫が地面の上に落ちたかと思うと、もう片方の鼻の穴からも血が流れ始める。まるで水道の蛇口を捻ったように、赤い血が糸のようになって足下に広がっていく。

「あんだ、これ。おい、どうなっとうとや」

呆然と男が、僕たちの方を向いた。今にも泣きそうな顔をして恐怖に畏れ慄いている男の様子が一変する。苦しそうに喉を掻き毟ったかと思うと、まるで自分の首を絞める何かから逃れるように暴れ始めた。

「がっ」

男が痙攣して身を縮めたかと思うと、その場にうつ伏せに倒れた。口から血が溢れて砂利に染みこんでいく。

遠巻きにしていた観衆の中から女性が悲鳴を上げた。それを皮切りに誰も彼もが恐慌状態となって、蜘蛛の子を散らすように逃げていった。

「ほら、僕たちも逃げますよ！」

「何故だ。折角、面白いことになってきたというのに」

「……面白い？」

「いや、面白いというのは不適切だったな。言葉の選択を間違えた。そうではなくて興味深いと言いたかったんだ」

人間が一人亡くなっているのに不謹慎だと僕は言いたかったのだが、ここで説明している時間はない。

「とにかく帰りますよ。人が死んだんですから、まもなく警察がやってきます。きっと誰かが電話を借りて通報しているでしょう。面倒事はご免です」

香月の手を引いたが、びくともしない。

「春彦、だからこそ此処を離れる訳にはいかない。私たちは一部始終を目撃していたのだから、彼女たちの身の潔白を証言しなければ。それとも春彦は見て見ぬふりをしろ、と言うのか」

言い返してやりたかったが、言葉が出て来ない。身の保身しか考えていない、と責められたら何も返す言葉がないのだ。

「すいません。お気遣いありがとうございます」

声をかけてきたのは、先ほどの少女の姉の方だった。ぐったりとした妹を胸に抱いて、不安そうにこちらを見ている。目尻の下がった女性で、右の目元には小さな黒子があった。

香月は彼女のことをじっと注意深く見ていた。それは美しい女性に見蕩れているのとは違い、考古学者が発掘した価値のある遺跡を観察するような目つきだった。

「春彦。子供が死体をあまり見るものじゃない」

「今更でしょう」

それに自分でも驚くほど恐ろしいと感じていなかった。人の形をしたものが横たわっているようにしか見えない。僕にとって、目の前に転がるこれはもう人として認識できなかった。

「お詣りくらいしておきたかったな」

ぽつり、と呟いた言葉は、果たして香月の耳に届いただろうか。

◇

大変不名誉なことに、生まれて初めて警察の車に乗ることになってしまった。

事情聴取の為に天神の警察署へ向かうことになり、このような事態となってしまったのだが、隣の座席に座る香月は如何にも面白くなってきたと言わんばかりに目を輝かせている。それが僕には無性に腹立たしかった。

こんな所を修猷館の学友に目撃されたら終わりだ。制帽と外套を脱いで、胸の前に抱いてから俯いていると、本当に犯罪者になったような気がして涙が出そうだった。

「どうした。具合でも悪いのか」

「……よくもそんなに平然としていられますね」

「？　なんの罪も犯していないのだから堂々としていればいいだろう。何を俯くことがある」

「警察の厄介になっているようで嫌な気持ちになるでしょう」

「車で行けるのだから楽でいい。歩くのは疲れていけない」

虚弱な男だ、とうんざりする。まだ一日の半分しか経っていないのに、大変な騒動に巻き込まれてしまった。

「蓮。この子が君の新しい助手か。随分と可愛らしいじゃないか」

十四にもなって可愛らしいという評は些か以上に傷つくが、現職の刑事を相手では迂闊にものも言えない。

「こう見えて中々、賢しらな物言いをするんだ」

「それは素晴らしい」

ハンドルを握る男は扶桑倫太郎といった。香月と同じくらいの歳で、刑事というには随分と洒脱な髪型をしている。切れ長の目の向こうでどんなことを考えているのか、少し想像がつかない。

「少年。名前はなんと言ったかな」

確かめるように僕にそう問いかけて、バックミラー越しに視線が合った。

「瀬戸です。瀬戸、春彦といいます」

「制帽についていた六光星、修猷館の学生か。随分と優秀なのだね。それが、こんな変わり者の助手をさせられるだなんて君も運が悪い」

おまけに人死にを目撃するとは、と消え入りそうな声で続ける。

「そう心配せずともいい。何があったのか、それを詳しく聞かせて貰いたいだけだ。なにぶん、あそこにいた連中の殆どが逃げ出してしまったから、まともに話を聞ける相手がいない。この男のように自ら警察を待っているような人間の方が珍しいんだ」

逃げていった彼らの気持ちはよく分かる。面倒なことには巻き込まれたくない、と願うのは当然のことだろう。中には脛に傷持つ者もいるだろうし、そうでなくとも警察は嫌いだと公言する者も少なくない。僕だって出来ることなら関わり合いになりたくはなかった。

「……扶桑さんは彼女たちを逮捕するんですか」

あの歩き巫女の姉妹。彼女たちも天神の警察部へと連れて行かれてしまった。

「はは、何の罪で逮捕するというんだ。大まかな話は聞かせて貰ったが、占いをした男が死んだというのは殺人とは呼ばない。実際、彼女たちはあの男に何もしていないのだろう？　むしろ死んだ男の方が調べれば余罪が出てくるだろうな」

「ヤクザ者でしょうか」

「ああ、あの刺青のことかい。どうだろうな。せいぜい田舎から出てきたチンピラだろう。街中では刺青も物珍しいだろうが、炭鉱のある辺りでは特に珍しくもない。炭坑夫なら当然彫っていて然るべきものだ」

「そうなんですか」

「炭鉱夫は危険な仕事なのだよ。落盤はしょっちゅう起こるし、稀に火災が起こることもある。

五体満足で遺体が見つかることの方が珍しいくらいだ。そうなると、手足の何処かに特徴的な刺青を彫っておけば個人を特定する手がかりになる。それに本職はこれ見よがしに刺青を晒したりしないものだよ」

この男は優男のように見えて、やはり骨の髄まで刑事なのだろう。表面的な愛想の良さの向こうに、灼熱の炎の如きものが見え隠れしていた。

西中洲の天神橋を越えて間もなく警察署へと到着する。扶桑さんに連れられて建物の中へ入ったが、妙に鋭い視線をあちこちから感じた。

「ふふ、針の筵(むしろ)とはこのことだな」

「なんで嬉しそうなんです」

「春彦君。この男は生まれついての変人だから、あまり気にしなくていい。それに君たちに嫌疑はかけられていない。本当に少し話を聞かせて貰うだけだよ」

それから私と香月は順番に話をすることになった。二人の供述に矛盾がないかを確かめる為だろう。きっと現場でも刑事たちが他の目撃者から証言を集めている筈だ。

「じゃあ、初めに春彦君から話を聞かせて貰おうか」

「分かりました」

制帽と外套を手に取調室に入ると、簡素な机が一脚、椅子が二脚向かい合って置いてある。扶桑刑事とは別に若い男性の刑事がいて、こちらは鋭い目つきで僕を見ていた。

「緊張しなくてもいい。あの場で見聞きしたことを正直に話してくれたならいいんだ」

私は頷いて、それから覚えている限りの内容を可能なだけ詳しく説明した。変に嘘をついたり、誤魔化したりしようとすればよくない結果を招くことになる。

時折、扶桑刑事の問いかけに答えて、意見を求められれば率直な感想を述べた。

「……つまり、君はあの姉妹が亡くなった男性に対して危害を加える所などは一切見ていないということだね？」

「はい」

危害を加えるという意味で言えば、亡くなった男の方が加害者だろう。

「ちなみにあの二人に面識は？」

「全くありません。香椎宮に詣でたのも初めてのことです」

「そうかい。うん、ありがとう。もう結構だ」

僕が廊下へ戻ると、長椅子にいた筈の香月が忽然と消えていた。代わりにあの歩き巫女の妹の方が座っている。名前はたしか千代と言ったか。髪を下ろしたらしく、黒い艶やかな髪が腰まで伸びていた。

「ねぇ。そんな所に突っ立っていないで、さっさとこっちに座ったらどう？」

つん、とした強い口調に驚いたが、彼女からかなり離れた場所へ腰を下ろした。

「……此処へ連れてこられるのは二度目なの」

一瞬、誰に言っているのか分からずに呆然としてしまったが、どうやら彼女は僕に話しかけているらしい。

「私が人の死ぬ日を何度も的中させたから、人殺しの容疑があるって言われて。天の神様に誓って言うけど、私は自分の仕事をしただけ」

「……それなら、人の死ぬ日なんて言い当てなければいい」

僕が返事をするとは思っていなかったのか、彼女は少しだけ驚いた顔をしたが、すぐに薄い笑みを浮かべた。

「それは無理ね。私、自分が託宣をしている間のことは覚えていないの」

「どういうこと？」

「本当に覚えていないのよ。起きながら寝ているような感覚かしら。こんなことを言うと可笑しいけど」

「自分の発した言葉だろう」

「私は洞のようなものなの。音が響く為の空間。弓の弦を鳴らしているとね、少しずつ意識が薄れていって、現実か夢なのか境目が分からなくなる。誰かが私を通して、こっちを見ているような気になるのよ。——気づいたら、託宣は終わっているの」

本当のことよ、と彼女は涼しげな顔で言う。

「だけど、信じられないのでしょうね。中には殺し屋と結託しているんじゃないか、なんて馬鹿な噂まであるの」

馬鹿げている、と一蹴する権利なんて僕にはない。目の当たりにするまで、きな臭いと思っていた。

「まあ……考え方は人それぞれですし」

僕の言葉に彼女は小さく溜息を溢した。

「こっちはいい迷惑よ。あんな騒ぎになって人が亡くなって。こうして警察にまで呼ばれたらあそこではもう仕事はできない」

表だって巫女を名乗ることが出来ず、あくまで占いという体で働かねばならない彼女たちの苦労は僕には想像もつかなかった。

「占いだからって、何でも軽々しく問うべきじゃないわ。己の生き死になんてものは特に。だって不敬でしょう？」

確かに暗黙の了解として、香椎宮のような神社の前で占いをする時に悪ふざけをするのは不敬極まりない行為だ。それこそバチが当たってもおかしくない、と誰もがそう思うだろう。

「私たちの仕事は託宣なの。この身体を通して神に問うのよ？　あなたはさっき私に、そんなものは当てなければいいって言ったけど、私たちだって、そんなものを言い当てたくなんてないわよ」

「……確かに」

「熊本から出てきて半年くらい経つけど、やっぱり都会は怖いわ。大勢の人の役に立てると思って姉さんと二人で手を取り合ってやって来たのに。変なのも大勢いるんだもの」

物憂げに瞼を閉じる仕草が、妙に大人びて見えた。

「私も女学校に行ってみたかったわ。姉さんと二人で好きなだけ勉強をしてみたかった。あなたは学生さんでしょう？　しかも名門校の生徒なんじゃないの？」

彼女が立ち上がって、僕の方へと歩いてきた。隣へ座って、じっとこちらの顔を眺めてくるので堪らずに顔を逸らす。

僕は人から自分の顔を凝視されるのが嫌いだ。

「離れてくれ」

「あなた、目鼻立ちが随分とくっきりしているのね。瞳の色もなんだか日本人離れしているし、もしかしてこの髪も染めているんじゃない？」

その言葉に弾かれたようにソファから立ち上がった。制帽を被り、外套を羽織ってこの場を離れる。背後で彼女の声が聞こえたが、全て無視した。

階段を駆け下りて、躊躇なく警察署を出て行く。

香月のことが一瞬だけ脳裏を過ったが、歩みを止めることは出来なかった。

呉服町の自宅まで歩いて帰りながら、頭の中で何度も彼女の言葉が繰り返し響いていた。どこまで自分を偽ってみても所詮は鬼子（おにご）なのだ、という事実を突きつけられたような気がする。

これだから制帽は手放せない。

顔を見られずに済むことは、僕にとって救いでしかなかった。

◆

男は香椎の尋常小学校で教鞭を振るう教師だった。

子供の頃から優秀で品行方正、地元では勉学において彼の右に出る者などいなかった。神童と呼ばれ、将来を期待されて名門の中学校へと進学したが、男はそこで自分が凡人であるという現実を否応なく突きつけられた。頭脳だけではなく、肉体的にも周囲よりも劣っていることを目の当たりにする日々に激しく動揺した。

挫折を味わった男は学友とは違い、高等学校ではなく師範学校へ進学し、教師となることを決めた。

周囲は高等学校へ進学すべきだと言ったが、男は故郷で親の面倒を見るといって地元へ帰った。両親は戻ってきた息子に感動したが、男の中には鬱屈とした感情が熾火(おきび)のように埋もれていた。

高等学校へ進学しなかったのは受験に失格するのが恐ろしかったからだ。失敗をするくらいなら親のためという理由で諦める方が、よほど言い訳が立つ。

師範学校で男は首席を取り戻すことが出来た。

男が教師を選んだのは、常に立場が上でいられるからだ。決して自分を下に見ることのない生徒たちに、万能感を持って教鞭を振るうことができる教職は男にとって天職だった。厳しく指導すればするほど、男の評価は上がっていった。生徒達からは蛇蝎(だかつ)の如く嫌われたが、下の人間から何を言われても心に響かない。

校長の紹介で市長の娘と見合いもすることになっていた。人生は順風満帆。しかし男の虚栄心が満たされることはなかった。

夜な夜な、香椎の雑木林で若い女がやってくるのを待ち伏せて襲うようになった。なるべく小柄で大人しそうな女子を見つけては、雑木林へと引き入れ乱暴をする。性交をするのが目的ではなかった。

相手を素手で屈服させるのが何より楽しかったのだ。やめてください、と懇願する手をはらいのけて、柔らかい顔へ好きなだけ拳を叩きつける快感が男を狂わせた。

何度か犯行を繰り返したが、警察にはなんの動きも見られなかった。不審者の報さえ学校には届かない。

弱い女たちは被害が露呈するのを恐れて警察へは行かないことも折り込み済みだ。変な噂が地元で流れたら結婚を逃すことになる。

男は慎重に決行日を選んでいた。

博多や天神で行事があり、近隣の警察官の手が空いた所を狙って犯行を繰り返した。経験を増すことでより大胆に女を淩うことができた。雑木林だけでなく、民家から程近い茂みへ引きずり込んで犯行に及んだ。

泣いて助けを求める女を屈服させる万能感に、男は酔いしれていた。

その日は美人だけを狙おうと決めていた。男を籠絡する魔性の女の性根を叩き直すのだ、と義憤に燃えて入念に準備をした。

雪が降るかもしれないので上着を羽織り、手袋もつけた。

香椎宮から程近い、小高い丘の雑木林に身を潜める。日が暮れて暫くは往来が激しいが、この辺りはまだ明るいので若い人間の出入りがある。

男が見つけたのは、まだ少女ともいうべき年齢の娘だった。目鼻立ちがよく、洋髪が実に似合っている。明るく、人を恐れるだなんて考えもつかないような類いの女。男にとって一番嫌いな女だった。

男は足音で気取られないようそっと雑木林の中を移動し、少女の後を追いかけていった。少しずつ人気のない場所へ向かっているのに、少女は警戒する素振りが一切見られない。

ほくそ笑んだ男は、ちょうど曲がり角に少女が差しかかった所で腕を掴むと、一気に茂みの中へ引きずり込んだ。悲鳴を上げようと開いた少女の口へ、強引に手拭いを押し込んで拳を振り上げる。

「静かにするんだ。殴られたいのか」

怯えた顔で泣き出した少女を見て、男は口元が緩むのを堪えきれなかった。苦悩も挫折も知らない生意気な女を屈服させるのはどうしてこうも楽しいのか。

さらに奥へと少女を引きずり込もうとして、自身の右足に違和感を覚える。目を向けると、ゾッとするほど冷たく白い手が右足を掴んでいた。

「ひっ」

音を出した瞬間、凄まじい力で足首を握り絞められた。腱と骨を圧迫する痛みに思わず少女を押しつけていた腕が外れる。

男の手から逃れた少女が四つん這いになって雑木林から出ていくのが見えたかと思うと、目の前の視界が上下逆転した。

頭上に土が見え、ぱらぱらと葉が足元から落ちてくる。逆さまに吊しあげられたのだと理解して男は悲鳴を上げた。逃れようと手足を動かそうとした時、さらに右の手首を掴み取られる感触があった。しかし、やはり目には見えない。

暗い林の奥へと勢いよく引き摺り込まれる男の甲高い悲鳴が響いたが、それは誰の耳にも届かずに消えた。


十日ほど後、手足を捥(も)がれた男が雑木林の管理をしている老人によって見つかった。男の顔は食い千切られたようになくなっており、化物の仕業だと噂になったが、大晦日の賑わいですぐに忘れ去られてしまった。

第二章

一

福岡県立中学修猷館は元々、藩校だったということもあり、ここ福岡では知らぬ者がいない名門校である。本来、僕のような人間が通える学校ではないのだが、父母に勧められるままに試験を受けてみたら、どういうわけか呆気なく合格してしまった。余程、その年は優秀な受験者に恵まれなかったのだろう。

寄宿舎に入る者も多い中、僕は自宅から福博電車に乗って終電の今川橋（いまがわばし）まで向かい、そこから学校まで歩いて行かねばならない。

勉学を殊更楽しいと思ったことはないが、学業が出来ないと下手に目立ってしまうので、それなりの成績は保たねばならない。同じくらい点数を取り過ぎてもいけなかった。その塩梅が未だに難しい。

授業を終えると、そのまま家路につく者や街へ遊びに出かける者など様々だ。遊びに行くといっても、制帽の徽章があるので下手なことをする訳にはいかない。

僕は本来なら香月の元へ向かわなければならないが、どうしてもそういう気になれなかった。あの事件から既に八日。催促の電話がすぐにかかってくると思ったが、未だになんの連絡もない。

「とうに馘首にされたかな」

確かめるのも面倒だ。仕方がないので、こうして当てもなく唐人町の辺りまでぼんやりと歩いて時間を潰している。

「春彦君」

不意に背後から声をかけられて振り返ると、そこには級友の橘正一が立っていた。制帽に外套を纏うという、僕と同じ格好をしているので二人で並ぶとなんとも蝙蝠の兄弟のようだ。

「正一君か。珍しいね。君がぶらついているだなんて」

彼は学年でも常に首席争いの先頭に立っているような生徒で大変頭がいい。背丈も教室で一番高く、鳥飼の女子師範学校の生徒から恋文を貰うことも少なくないという。

「俺だって机から離れたいと思う時だってある。なんとなく気分転換に出かけようと思ったら、春彦君の背中を見つけたからつい声をかけてしまった」

「君は高等学校を目指していると聞いたけど、本当かい？」

「ああ。五高に行くつもりだ。祖母の家があるから、そこから通えるのでね」

全国に八つある旧制高等学校ナンバースクール。東京の第一高等学校を先頭に、第八高等学校まで存在する。特に第五高等学校、通称五高は熊本に存在し、政治家や中央官僚を目指す校風があるという。

「総理大臣にでもなるつもりかい」

「いや、官僚になる。ゆくゆくは福岡へ戻ってきて県知事になりたいと思っている」

立派な志だ。今の僕には眩しすぎるくらいに。

「そんな君でも気分転換をするんだな」

「不良共のように女の尻を追いかける訳にはいかない。色恋にうつつを抜かせるようになるのは当分先のことだよ」

そう嘯く彼の顔色はあまり優れない。目の下には隈ができているし、充分に食事を摂っていないようだ。

「気分転換か。それなら少し僕に付き合わないか？　久しぶりに顔を出したいと思っていた店があるんだ」

「なんだい。変な所に連れて行くのはやめてくれよ？　経歴に傷がつくような真似はしたくない」

「心得ているとも。まぁ、ついて来なよ」

唐人町の善竜寺の側に『小野食堂』という小さな食堂がある。もう夕刻だというのに客がひっきりなしに出入りしていて、食堂とは思えない活気があった。

「腹が減ってはなんとやら、だ。君だって小腹くらい空いているだろう？」

「ああ、久しぶりに腹の虫が鳴いている。春彦君、いつもこんな店に通っていたのかい。一度くらい俺のことも誘ってくれたなら良かったのに。薄情だな、君も」

「僕の名誉の為に言っておくけど、この店に誘ったのは君が初めてだよ」

二人で暖簾を潜ると、小さな店舗の中は大人や学生たちでごった返していた。

「えらく繁盛しているな。とても座れそうにない。俺は出直しても構わないぜ」

「尻尾を巻くのが早いよ。——お姉さん、お姉さん」

忙しく働いている割烹着姿の女給さんに声をかける。

「ああ、春彦ちゃん。ごめんなさいね、忙しくって」

「良かったら二階を使わせて貰ってもいいですか」

「はい、どうぞー。後から注文を取りに行くからね」

ありがとうございます、と礼を言ってから店の奥で靴を脱いで、二階への狭い階段を上っていく。勾配が急なので、毎回よくも料理を配膳できるものだと感心する。

「驚いたな。随分と馴染んでいるじゃないか、君」

「入学したばかりの頃に末次先生に連れてきて頂いたんだ。以来、顔を忘れられない程度には通っている」

「抜かりがない男だな」

階段を上り切って障子を開けると、畳敷きの八畳ほどの和室が現れた。奥の窓を開け放つと少し先に海が見える。制帽を脱いで、外套を畳んで脇に置いておく。

「そこのテーブルを自分たちで広げるんだ。座布団はそっち」

「はは。まるで実家に帰ったみたいだ」

座布団の上に座って、お品書きを渡す。

「どれも美味そうだな。春彦君は何にするか、もう決めてあるのか？」

「ああ。ここの名物はモツ煮なんだ。下の客の殆どが同じ物を頼んでいるよ。あとは好みで貝汁をつける」

「いいね。モツはあまり食卓に並んだことがないから楽しみだよ」

「正一君の実家は何処だい？」

「柳川だよ。福岡の端の方だ。川下りと鰻で名の知れた街だよ」

「ああ。そういえば歴史の授業で名前を聞いたことがある。たしか立花宗茂の所領だったかな」

「あんなつまらない雑談をよく覚えていたな」

「雑談の中にさえ奥深さがあるのが歴史の面白いところだからね」

ややあってから、一階から先程の女給さんが湯呑みを盆に載せてやってきた。

「お待たせしました。ごめんなさいね、お待たせして」

「えらく今日は人が多いですね」

「そうなの。平日なのに何故かしら。さて、何にします？」

「モツ煮定食を二つ。正一君、貝汁はどうする？」

「折角だから頼もう」

「貝汁も二つお願いします」

「はい、毎度。もう少し待っていてくださいね」

頭を下げて階下へと慌ただしく出ていく背中を見送ってから、僕は立ち上がって窓の外へと視線を投げた。

「良い天気だね。清々しい」

「その割には釈然としない顔をしているな、春彦君。ここの所、授業の間も上の空だし、どうかしたのかい？」

正一君の言葉にどきりとした。平然を装っていたつもりだが、勘の鋭い人間には通用しないらしい。

「僕だって人並みに悩み事くらいある」

「珍しいな。君はだいたいなんだって器用にこなせる人間だろう」

それは買い被りすぎだ。器用貧乏という奴で、万能ということじゃない。

「奉公先に顔を出し辛くてね。どうしたものか、と悩んでいるんだ」

「よく教師連中が許可してくれたな」

「雇い主が校長の知り合いらしくてね。特別な措置という奴さ。でも、初日で逃げ出してしまった。向こうから連絡も来ないから、きっともう馘首にされただろうね」

僕は言いながら座布団に再び腰を下ろして、湯呑みに入った冷や水を飲んだ。

「無礼な物言いになるが、春彦君は金銭に困っているのかい？　奉公をしなければならないなんて」

「修行の一環のようなものだよ」

「それならば辞める良い機会じゃないか。学業に専念すべきだ。君なら帝国大学への進学だって夢じゃないだろう。俺は知っているぜ。君が勉学にそれほど懸命になっていないことを。もっと点数を取れる筈だ」

「まさか。僕にはそんな熱意なんてないよ」

「そうでなくとも、ここ最近は何かと物騒だから家で大人しくしておくべきだ。君だって博多の化物騒ぎは知っているだろう？」

　化物、という言葉につい先日耳にした会話を思い出した。

「……堅粕町（かたかすちょう）のバラバラ事件？」

「情報が古いな。あれからほぼ毎晩のように犠牲者が出ている。住吉（すみよし）村から香椎村までの広い範囲で、もうかれこれ十人くらいの死者が出ている筈だ。俺も寄宿舎の新聞で回し読みしただけだから詳しくはないが、身元さえ分からないような遺体も多いらしい」

「動物園の虎が逃げ出した、なんて話もあるらしいね」

「与太話さ。犠牲になっているのは男ばかりで、無残に食い荒らされているというから恐ろしい。かれこれ半年も前から起きているというのに、何の進展もないとは不気味な話だよ」

　通り魔のようなものだろうか。それとも犠牲者には何らかの関係性があるのか。

　一瞬、あの巫女の姉妹のことが脳裏を過ったが、死に方があまりにも違う。扶桑刑事の話によれば、あの巫女の姉妹が占ってなくなった人物の殆どは心臓麻痺だという。

「それで化物か」

「美しい女の姿をしていたとか、裸の女が誘惑してきたなんて目撃談があるそうだが、どれも噂だろう。枯れ尾花さ。国の認めてない街娼があちこちに立つというからな」

正一君の意外な一面だ。妙にそういう話に詳しい。

「春彦君も奉公だなんて辞めて、日が暮れたら外を出歩かない方がいい。化物もそうだが、芸者遊びでも嗜んでいるのかと疑われても知らないぞ」

「そんな疑いをかけられるのは確かに困るな。君こそ五高に進学しても入れあげないようにね。身の破滅を招くよ。僕たちは女の子に免疫がないから、あっという間に手の上で転がされてしまうよ」

正一君が楽しげにケタケタと笑って、膝を何度も叩いた。

「放校処分を受ける生徒も多いと聞くからな。俺も用心しよう。まぁ、試験に合格せねば絵に描いた餅だ」

そうして二人で笑い合っていると、階段を上ってくる音がした。女給さんが僕らの卓の横に座り、大きなお盆から大量の料理を所狭しと並べていく。

「はい。お待ちどおさま。待たせちゃったからオマケをつけときましたよ。良かったら食べてみてくださいね」

指差した小鉢には何やら黄みがかった豆腐のようなものがある。箸で触れてみると、なんだかねっとりと固めの弾力があった。

「ああ、やまうにですか」

「やまうに？」

知らないのか、と正一君が笑う。

「熊本の郷土料理だ。酒の肴に親父がよく焼酎と一緒に飲んでいた」

「私の郷の味なんですよ。豆腐をね、柚子を混ぜ込んだ味噌に漬けたもので、温かいご飯にもよく合うの。良かったらどうぞ」

「ありがとうございます」

モツ煮には根菜が色々と入っていて身体が温まる。少し固めに炊かれた飯と一緒に食べると良い塩梅だ。貝汁はあさりが大量に入っていて、この時期は中身も大きくて味が濃い。一口すれば思わず笑みが溢れる。

「うん、どれも美味い。こんな食堂があるだなんて知らなかった」

「連れてきた甲斐があったよ。たまにうちの学生も見かけるから、みんな秘密にしているんだろう。やまうにというのも美味しいね、気に入ったよ。ご飯に少し溶かして食べると濃厚で実によく合う。癖になる味だ」

「俺もそうやって飯と一緒に食う方が、酒に合わせるよりも好きだね」

「おい、素行不良が垣間見えたぞ」

おっといけない、とばかりに正一君は誤魔化すように笑う。

「けれどな春彦君、俺たちもう十五になるんだ。酒の一つくらい嗜んでおかないと、上級生とはうまくやれないだろう。五高では酒豪が尊ばれると言うから、今のうちから慣れておかないと入学してから死ぬ目に遭うというし」

「その前に放校処分にされないよう程々にしておきたまえよ」

「その辺りは抜かりない。実家でしかそんなことはしないとも」

呆れて物が言えない。でも、確かに男子たる以上は下戸(げこ)では様にならない。父のように前後不覚となって家の前で酔い潰れてしまうのはご免だ。

それから僕たちは様々な話をしてから食事を終え、渋いお茶を出して貰って一息ついた。白米のおかわりは無料なので、ついつい食べ過ぎてしまう。

「このまま昼寝くらいしていっても怒られやしないけど、どうする？」

「いや、俺は帰ることにするよ。長い休憩は毒になる。もう充分に楽しませて貰った。ありがとう」

「礼を言われるようなことはしていないよ。級友と外でご飯を食べただけなんだから」

「春彦君。今度は俺の馴染みの店に連れて行くよ。牛鍋の美味い店があるんだ」

外套を纏い、制帽をつけてから二人で一階へ下りる。やっと客の数も落ち着いたようで、残りの客も片手で数えられるくらいになっていた。

「お愛想をお願いします」

「いつも有り難うね」

会計を済ませて店を出る。春の陽気に少し暑いくらいだった。

「もう外套も要らない季節になりそうだ」

「まったくだ。さて、では俺はこれで失礼するよ。奉公なんてやめて学業に専念したまえ」

真面目ぶったようにそう言い、自分で噴き出して手を振って学校の方へと戻っていった。

正一君は真面目な男だ。自分に厳しく、昼夜を問わず勉学に励んでいる。ああいう熱意を持っていることが僕は羨ましかった。

「……辞めるにしても顔くらい出しておくのが筋というものかな」

正直、香月と顔を合わせるのは気が引ける。逃げるようにして去ってしまったことを怒っているだろうか。それとも不甲斐ないと呆れているかもしれない。

「長い休憩は毒になる、か」

十四という歳の僕らは、なんとも中途半端な歳だ。子供と言えるほど小さくはないが、大人のように働いて家族を養うようなことはできない。

考え事をしながら川沿いを歩いていると、翅に青い筋の入った黒蝶が目の前を横切っていった。ふわふわと浮かぶように上下に揺れながら、海からの潮風に乗って軽やかに飛んでいく姿がなんとも羨ましい。

「そうか。僕らは蛹のようなものか」

不本意であったとはいえ、僕はあの男の助手なのだ。そういう契約を交わしてしまった以上は、やはり途中で尻尾を巻くべきではないと思う。ここで負い目を背負ったら、きっとこの先ずっと逃げたことを後悔するだろう。

大通りへと出ると、ちょうど唐人町の電停に路面電車が入ってくる所だった。

僕は慌てて手を上げて、左右から車がやってきていないことを確かめながら道を渡って停車した路面電車へと乗り込んだ。

不思議と、一度行くと決めたなら自然と気持ちが軽くなった。悩み事には背を向けるよりも、向かい合う方がよほど楽になるらしい。

◇

箱崎にある香月の屋敷へ到着した頃には、もう日が傾き始めていた。

生垣にある例の隠し戸を使って中へと入る。あまり褒められた入り方ではないが、琴子さんと顔を合わせるのは躊躇（ためら）われた。

外套についた葉っぱを手で払いのけて、屋敷の縁側の方へと回り込む。すると、まるで待ち構えていたかのように着物姿の香月が縁側に腰掛けていた。驚いて悲鳴をあげそうになった僕とは違い、香月は平然としている。

「そろそろ顔を出す頃合いだと思っていた所だ」

「……僕があのまま逃げ出すとは思わなかったのですか」

「いいや、まったく」

「何故ですか。たった一日、いや、半日だけの助手を信じるなんてどうかしてる」

黙っていなくなったのだ。失望して見限って当然だ。

「お前が私の助手だからだ。他の誰を信じられずとも、お前のことだけは信じると私自身が、そう決めたのだよ」

僕は眉間に皺を寄せて、沈黙した。

そんなことを言われたら僕はなんと答えればいい。香月がそこまで言う理由が少しも分からなかった。

「春彦。千代さんから話は聞かせて貰った。彼女は君に謝りたいと言っていたよ。傷つけてしまった、と酷く後悔しているようだった。謝罪する機会が欲しいそうだ」

「……僕が過剰に反応してしまっただけです」

「お前は自分の外見を他人に評されるのが恐ろしいのだね。確かに顔立ちは日本人離れしているように見える。鼻も高いし、瞳の色も兄とは随分と違う。その髪も黒く染めているのだろう？元の髪はどんな色をしているんだ？」

きっと、この男は初対面の時から違和感に気づいていたのだろう。ここまでくれば言い逃れはできない。

「くすんだ金色をしています」

「まるで白人のようだな」

「――鬼子なんですよ。母方の祖父母は僕のことをそう呼んでいました。産婆が取り上げた時に危うく殺されかけたんです」

「嬰児殺し(えいじ)しも厭わないとはな。貧困が原因で子供を間引くことはあるというが、君のそれはただの先祖返りだろう？」

「ええ。母方の家の先祖には鬼がいるのだとか。天狗だ、なんて話もありますが、彼らからすれば、結局は化物なんですよ。なかったことにしようとした祖父母の気持ちも分からなくはありません」

最後に会ったのは祖父の葬儀の時だ。祖母は兄たちとは朗らかに話していたが、僕とは目も合わさず、口も利いてくれなかった。あの化物を見るような視線は終生忘れることがないだろう。

「ついでだから白状しますよ。あなたも言っていましたよね。どうして兄を差し置いて、次男の僕が春の名を冠しているのか。本当なら僕たち兄弟は五人兄弟だったんです。兄上の上に生まれた長男がいましたが、僕が生まれる少し前に死んでしまった。母の取り乱し方は酷いもので、気が狂う一歩手前までいったそうです」

だからこそ、母は次に生まれてきた子が鬼子として両親に殺されることを赦さなかった。出産を終えたばかりの衰弱した身でありながら、獣のように獰猛に牙を剥いて僕のことを守ってくれたらしい。それでも、母はまだ狂気の中にいたのだろう。

「生まれた赤ん坊の名は春彦だと言って、聞かなかったそうです。僕は兄の生まれ変わりなのだと。……僕、秋生まれなんですけどね」

母に春彦、と名前を呼ばれる度に複雑な思いがするようになったのは、幼くして亡くなった兄のことを祖母達が話していたのを聞いたからだ。母が向ける視線が、僕を見ていないように感じられるようになったのも同じ頃。

母は僕の中に、死者を見ている。

「その名を与えることに祖父母も納得しました。鬼子につけるにはふさわしいと思ったのかも知れません。父は何よりも母の心の安寧を願っていました。――そんなわけで、生まれながらにして死者の名を背負わされたということです」

家族以外の誰かと、この話をしたことはない。秋彦や冬子でさえまだ知らないことだ。

「……そういうことか」

「これでも大変なんですよ。物心ついた頃からずっと毎月、髪を黒く染めるんです。父も母も染めずともよいなんて世間知らずなことを言っていますが、僕からすれば勝手な物言いですよ。世間に馴染めずにどうやって友人を作って、学校生活を送ればいいと思っているのか」

意外なことに、香月の顔に浮かんでいるのは同情ではなく、共感であるような気がした。同じ境遇の人間と出会ったような顔で首を縦に振っている。

「春彦は自分が呪われた存在だと思っているのか」

「……鬼子とはそういうものでしょう。おまけに僕は、己の名前さえ持ち合わせていない」

「確かにそれは呪いの一つかもしれない。古代において死者の名で呼ばれることや、死者と間違われることは最大限の侮辱とされた。死者と同一視することは呪いと同じだからだ。古事記にもアヂスキタカヒコという神が親しい友の葬儀にやってきたが、姿形が瓜二つであった為に家族から死者が蘇ったと間違われ、激怒して殯(もがり)の場を切り崩してしまう場面がある。死者は穢れの象徴だからだ」

傷口に平気で塩を塗るようなことを言う。博識かもしれないが、どこまでも人の心が分からないらしい。

「……そんなことは言われずとも分かっていますよ」

「だが、その一方で古代以降は名の考え方は大きく変わる。武士は元服すれば幼名を捨て、成人として新たな名を名乗るようになり、その者の成長や功績と共に変わっていくものとなった。生まれ持った名に縛られてばかりいては、それこそ事をし損じるかも知れない」

「……あの、もしかしてそれは、慰めているつもりですか」

「ただの事実だ。だが私は先程の話を聞いて、ますます君のことを助手にしたくなった。己ではどうしようもない呪いを背負った者同士、事情を知りながら互いに同情をしないでいられると思うのだよ」

香月の物言いは穏やかだったけれど、その内に激しいものを孕んでいるようだった。怒りと呼ぶことさえ憚られる、烈火のような何かが瞳の奥にある。——一瞬、三本足の巨大な鴉が、この男の背後に蹲っているように視えた。

「——ッ」

目を擦ると忽然と消え失せる。幻覚の類いだ。——しかし、この男が背負っているものは、きっと僕のものとは比べ物にならない。そう悟らずにはおれなかった。

「どうした？」

「いえ。……あなたも呪いを背負っていると言うんですか」

僕の問いに香月はどこか寂しげに笑う。

「そうだ。いずれは君に話さねばならない日が来るだろうな」

いかにも勿体ぶった言い方に、思わず溜息を溢した。否定でもなく、肯定でもない。ただ僕の言いたかったことを胸に納めてくれたのは有り難かった。勿論、そんなことは死んでも口には出さないが。

「……結局、僕ばかりが事情を話して馬鹿みたいじゃありませんか」

「仕事をサボタージュした罰だ。これくらいは当然だろう」

涼しい顔でそう言って香月が立ち上がると、障子を開けて奥の座敷へ移動する。

「続きは中に入って話そう。今夜は化物探しに行かねばならん」

「化物探し？」

靴を脱いで縁側を上がり、座敷に入ってから障子を閉めた。敷地の中といっても縁側で話していれば通行人の耳に届くこともあるだろう。妙な誤解を招くわけにはいかない。

「占いはもう良いのですか？」

「あれだけのものを目の当たりにしたのだ。充分な刺激を貰った。今は化物騒ぎの方を確かめたい」

「巷を騒がせているという噂の人食いの化物ですか」

そうだ、と言いながら座布団の上に腰を下ろす。制帽と外套を脱いでから、机を挟んだ向こうに僕も座布団を敷いて座った。

「春彦も知っていたか。私はつい先日、署で倫太郎から話を聞いたばかりだ。男ばかりを狙って夜道で襲いかかっているらしい。損傷が激しいので警察も大真面目に大型の肉食獣ではあるまいか、と捜査をしていたそうだが、動物園から逃げ出してもしない限りは難しいだろう。仮に虎や獅子の類いなら、男性よりも柔らかい女性や子供を狙う筈だ」

地方の山中ならともかく、博多近辺では民家が多くてすぐに見つかってしまうだろう。特に水を飲む為には河川に行くしかない。そうなれば人目につかない筈がないのだ。

「それですが、人食いの化物は美しい女性の姿をしているそうですよ」

僕の言葉に香月が顔を盛大に顰（しか）めた。

「なんだ、その胡乱な話は」

「学友から聞いた噂話です」

香月は腕を組んだかと思うと、何やら思案し始めた。

「どうかしたのですか。ただの噂話ですよ」

「そうした話も馬鹿にはできない」

胡乱だと言いながら、どうやら考察の材料にするらしい。

「春彦。化物が出るという噂を聞くようになったのはいつのことか分かるか」

「頻繁に聞くようになったのは二、三週間程前からですが最初に事件が起きたのは半年くらい前のことだと聞きました。新聞で確かめれば分かると思います」

「半年前か。——偶然の一致だろうか」

「一致？」

「先日、千代さんと話している時に聞かせて貰った。半年ほど前に熊本から姉妹で出てきたのだと。占いで人の死を言い当てる巫女の噂と、化物騒動が起こり始めた時期が一致するのはただの偶然だと春彦は思うか？」

乱暴な推測だ。ただ時期が重なっているからといって疑うなんてどうかしている。

「そんなのただの偶然でしょう」

「世の中に偶然などというものはない。運命などというものを私は信じないが、物事には理由がある」

「それはそうかも知れませんが」

「少なくとも千代さんの力は本物だ。あの時、彼女は確かに神懸かりとなっていた。神を降ろしていたのは間違いない」

千代さんとお姉さんは悪人のようには見えなかった。理性的に考えて、人を食い殺すような化物とは無関係だろう。だが、知らないうちに影響を与えている可能性は否定できない。

「そもそも人を襲う神なんていないでしょう」

僕の言葉に香月は怪訝そうな顔をしてから、小馬鹿にするように鼻で笑った。

「春彦。お前らしくもないな。理由もなく、どうしてそう思う？　仏とは違うんだ。神は祟る。この国の神は荒魂（あらみたま）となり、祟り神になる。春彦は疱瘡神（いもがみ）を知っているか？」

「いえ、知りません。疱瘡なんて縁起の悪い神ですね」

「疱瘡神は人に病を流行らせる祟り神だが、崇敬すれば流行病から守ってくれるという御神徳がある。これは恐ろしい疫病を神格化することで、その権能を以って平癒を祈願するものだ」

「でも、祟り神を祀るだなんて」

「何を言う。春彦、それでも博多の人間か？」

「はい？」

「かの太宰府天満宮の祭神、菅原道真公は死後に祟りを以て雷神となっただろう。清涼殿に雷を落とし、都に疫病を流行させた。自在天神として崇敬を集め、現在は勉学の神だ。神が人に牙を剥かないと思っているのなら、大間違いだぞ」

失念していた。恐ろしいからこそ祀るのだ。祟りが自分たちには及ばないよう、祭祀を行う。畏れられるほど力を持つ存在でなければ敬われることはない。

「この国では、ありとあらゆるものに神性が宿る。木や岩は言うに及ばず、一人の女にも神が宿ることはその目で見ただろう」

まずい、と僕は思わずにはいられなかった。既に頭の中で彼女たち姉妹と化物騒動が結びついてしまっている。この男の持つ妙な説得力に引っ張られている気がする。

「無論、千代さんたちが関わっている証拠にはならない。彼女の話によれば同時期に余所からやってきた巫女は大勢いるようだ。戦争成金がどっと増えて博多の景気がよくなったそうだからな」

しかし、僕は一抹の不安を覚えずにはいられなかった。漠然とした不安が胸の中で熾火のように燻（くすぶ）るのを感じて、これが火種とならないよう祈らずにはいられない。

「何処へ化物を探しに行くんです。もう大凡（おおよそ）の目星はつけているのじゃないですか？」

「どうだろうな。倫太郎から聞いた事件現場を中心に、夜の散歩がてら行ってみようというだけだ。鉢合わせたら良し、駄目ならば明日もまた行けばいい」

気軽に明日なんて口にする。

「世の中の大多数の大人や僕のような学生は、会社なり学校なりがあるんです。そんな真夜中まで付き合うつもりはありませんよ」

「そうか。明日はまだ平日だったな」

作家という生き物は、やはり普通の人とは変わっているらしい。今日が何曜か分からぬほど作品に没頭しているのか。あるいはそもそも曜日に関心がないのだろう。香月の場合、それは後者だ。

「電話をお借りします。大幅に門限を破ることになりそうなので」

「私が代わろう」

「……なんの為に？」

「事情を説明しなければご両親も怪訝に思われるだろう。私の奉公を理由に夜遊びに耽っていると誤解されたらどうするつもりだ」

僕は以前ほど、この男を警戒してはいないが、家族と話をさせるのは可能な限り避けたかった。母が化物騒ぎだのなんだのと聞けば、きっと過剰に心配をするだろう。

「生憎、普段から優等生で通っているので。ご心配には及びません」

「抜かりはないという訳か」

ふん、と鼻を鳴らして廊下へ出ると、既に外は相当暗くなっているようで、虫の鳴く声が微かに聞こえてきた。

廊下に置かれた真鍮（しんちゅう）と木材で作られた電話機の受話器を手に取り、ハンドルを回す。ややあってから電話線の繋がる音がした。

『はい、交換です。番号をどうぞ』

交換手の女性の声がして、僕は自宅の番号を伝えた。暫くして、また女性の声がする。

『通話してください』

淡々とした、少し低い女性の声。そういえば以前、父が電話の交換手というのはとにかく声が鮮明で聞こえやすくなくてはならないのだと話していたのを思い出した。感情を排し、淡々と話しながらも不愉快に聞こえないようでなければ務まらない、と。

『もしもし』

鈴の音色のような高い声。まだ声変わりをしていない弟の声が受話器から響いた。

「春彦だ。秋彦か？」

『そうですよー。どうかしましたかー？』

「父上はもうお帰りになられたか？」

『ううん、まだ。お母さんならいるけど代わりますか？』

「……いや、代わらなくていい。香月先生の手伝いをして遅くなるので夕飯はいらない、と伝えておいてくれ」

『分かりました』

「うん。家のことは任せたよ。秋彦」

はい、と嬉しそうな声が返ってきたところで電話を切った。秋彦はこうして人から頼りにされるのが好きだ。人助けをして喜ぶなんて、いかにも兄上に似ている。

「本当に似ても似つかないな。僕は」

受話器に手をかけたまま目を閉じる。家族の中で自分だけが違うという疎外感は、きっと死ぬまで僕を苛み続けるだろう。

春彦、と僕の名を呼ぶ声がする。

「今行きますよ」

面倒だな、と思いながらも、不思議と悪い気はしなかった。

二

香月の屋敷を出たのは、午後六時を少し回った頃だった。

筥崎宮の参道を浜の方へと香月と二人で歩いていく。石灯籠には火が灯してあり、炎が揺らめく度に足下の影が伸びたり縮んだりした。

香月は着物の上に羽織を纏い、杖をついていた。

「事件現場は香椎村から住吉村まで広範囲に及んでいるが、香椎から少しずつ遠ざかっているのが分かる。おそらく警察は犯行が無作為に行われていると考えて、人員を薄く広く配置しているようだが、愚策としか言いようがない。心底、間抜けな連中だ」

「なんたる言い草ですか。しまいにゃ捕まりますよ」

「間抜けを間抜けと呼んで何が悪い。どうして共通点に気づかない」

「共通点？」

「春彦には思いつかないだろう。大人びてはいるが、まだ君は子供だからな。私とてそういう場所には足を運んだことがないので、偉そうには言えないが」

香月が何を言おうとしているのか察しがついた。

「歓楽街ですか」

「男が遊興に耽る場所がほど近い。それでいて人気の多い都市部は避けている。住吉村は新柳町の遊郭まで川を挟んですぐそこだ。他の犠牲者が出た場所にも街娼がよく立つと聞く」

「そういうことが出来るのは遊郭だけではないのですか」

「国が認めていない場所で仕事をする者もいるんだ。其処(そこ)ら中にいると聞く」

どうして、などと聞くまでもない。金がないからだ。まっとうに金を稼ぐ手段を持たないがゆえに、身体を売るしかない。中には幼い内に親に売られた者もいるだろう。

「全く以て非文明的だ。人を売り買いしておいて、何がデモクラシーだ。馬鹿馬鹿しい。モダンガールに目を向ける暇があるのなら、苦海に沈む女子供を一人でも多く掬い取るべきだ」

唾棄すべきことだ、と珍しく憤慨した様子で鼻を鳴らした。

「先生はそういう所には行ったことがないんですね」

「屋敷からこうして自由に出られるようになったのも最近のことだと話したろう。それに私は金銭を代価に他人の尊厳を暴こうと思うほど愚かではないよ」

「大人はそういう場所が好きですよね。僕には理解出来ませんが」

それとも大人になれば、僕も彼らの気持ちが分かるようになってしまうのだろうか。

「買う者と売る者が存在する限りは商売として成り立つ。しかし、いつか本当の意味で豊かな社会が来れば個々の尊厳が尊重される時代が訪れる筈だ。早くとも二百年はかかろうがね」

「そういえば父も遊郭通いがバレて母から折檻(せっかん)されてましたね」

「折檻？」

「ええ。竹箒で追い回されていました」

香月が愉快そうに手を叩いて笑う。よほど面白かったのか、こんな風に笑うのかと感心するほど笑っている。

「そうか。春彦の家は素晴らしいな」

「そうですか？」

「そうとも。夫婦で互いに怒りを露わにすることが出来るのは、尊厳を尊ぶ第一歩だ。うん、実に面白い。いずれご挨拶に伺おう」

「止してくださいよ。面倒事はご免です」

最後の大鳥居を潜り、篝火を背後に夜の海を眺める。寄せては返す波を前に香月は苦笑した。

「すっかり話が逸れてしまった」

「そうですよ。それで今晩は何処へ行くのですか？」

「住吉へ行く。上手くいけば鉢合わせできるかもしれん」

やけに嬉しそうにしている香月に僕はげんなりとした気持ちになった。いったい何が楽しいのか、まったく理解できない。

「化物と鉢合わせして、無事でいられると思っているんですか。人食いの化物なんでしょう？命が幾つあっても足りませんよ」

「ああ。だから武器も持参した」

香月は得意げに杖を振り上げてみせた。

「……そんな細腕でどうしようって言うんです。しかもそんな細い杖で思いきり叩いたりすれば簡単にへし折れますよ」

「そうなのか」

きょとん、とした顔で言うので頭を抱えてしまった。頭が良いのか、間抜けなのかよく分からない。

「もういいです。万が一にも遭遇した時には逃げましょう」

「逃げてしまっては正体が分からないじゃないか」

「でしたら僕一人で逃げますから、どうぞ好きなだけ化物を取材なさってください」

骨を拾ってやるくらいのことはしてやろう。

住吉までは一度、福博電車で博多駅まで向かい、そこから循環線の博軌電車へと乗換なければならない。

電停で電車へ乗り込み、とにかく博多駅まで向かうことにした。日が暮れてから家路につくことは珍しいことではないが、こんな時間に街中へ行くというのは思いのほか胸が高鳴る。

「それにしても、夜にその格好だとまるで蝙蝠のようだな」

吊り革を掴んで立つ香月が僕の方を見ながらそう言った。

「学生服が一番目立たないので、これでいいんです」

吊り革に手が届かない僕は近くの座席の端を掴んで立っているが、これがどうにも屈辱的でいけない。早く背丈を伸ばしてこれを悠然と使えるようになりたかった。

「背は低いのに手足ばかり長い。確かに和服は似合うまい」

「人が気にしていることをズケズケと」

「おっと人前で雇い主を蹴るなよ」

「そんなことはしませんよ。ただ心の復讐帳に書いておくだけです」

そんな僕と香月のやりとりを終始覗くような視線を感じていた。少し後ろにいる二人の女学生で、何やら騒がしくはしゃいでいる。視線の先は僕ではなく、香月に向けられたものだ。

この男は変人であるのに、無闇やたらに顔が良い。肌が白く、頭髪こそ伸ばしたままにしてあるが、服装や立ち居振る舞いは垢抜けていて毅然としていた。育ちが良いのは間違いがない。あの家の様子からして、貴族の類いではなかろうかとも思う。僕の家は一応、元は士族という話だが、香月の家とはまるで違う。

頬を紅潮させて黄色い声でひそひそと楽しげな彼女たちも、この男があの香月蓮と知れば卒倒するだろう。だが、その中身は正真正銘の変人である。今もこうして化物探しに嬉々として向かっているのだ、と言ってやりたかった。

「春彦」

「――はい」

「どうした。ぼうっとして」

香月が僕の視線の先へ目をやってから、ほう、と意地の悪い笑みを浮かべた。

「言っておきますけど、勘違いですからね。うるさいから見ていただけです」

「照れるな。お前くらいの歳なら、女子に興味があってもなんら不思議ではない。なんだ、向こうもこっちを見ているじゃないか。手くらい振ってやるといい。男は硬派でなくてはならん、という風潮だが、頭が硬すぎるのも考えものだぞ」

香月はそう言うと女学生たちへ手を振った。すると、黄色い悲鳴があがったので車内が一瞬だけ騒然としてしまう。

「頼みますから騒ぎを起こさないでください」

「何故だ？　私は騒音など立てていない。騒いでいるのはあちらだ」

「いいから大人しくしてろ」

電車は自宅から最寄りにある呉服町の電停から左折すると、博多駅へと真っ直ぐに進んでいく。ここまで来ると通りの広さも行き交う人の数も段違いに多くなる。

やがて博多駅の目前にある終点の停車場前という電停に到着した。他の乗客と共に電車から降りると、香月がなんとも言えない顔をして博多駅の駅舎を眺めていた。

「どうしたんです。こんな所で立ち止まっていては邪魔になりますよ」

「想像を超えた大勢の往来に面食らった。日も暮れたというのに、博多にはこんなにも多くの人間が行き交っているのか」

「ちょうど仕事が終わった頃合いですからね。これから呑みに出かけたり、玉突きをしたりして憂さを晴らそうとしている人ばかりですよ」

「モダンな髪をした女性も多いな。実に生き生きとしている」

「ああいう人はカフェーに行くんです」

「博多にもカフェーがあるのか」

「一月に西中洲に『カフェー・ブラジル』という店が出来ましたよ。ただあんまり人が多くて騒がしいので、まだ行ったことはないんです。僕は珈琲なんて苦手ですし」

「子供みたいなことを言う」

「そういう先生こそ珈琲は嗜まれるんですか？」

「執筆の友だ。初めは慣れなかったが、あちこちから貰うので飲んでいる内にすっかり中毒になった。琴子が淹れてくれるので、どうやって抽出するのか分からないが好物の類いだな」

機会があれば、僕も飲ませて貰おう。今のうちから珈琲に親しんで慣れておく絶好の機会だ。

「それにしても、本当に化物なんているんでしょうか。こんな明るい博多の町からそう離れた場所じゃありませんよ」

ガス灯の明かりが眩い。大勢の人が行き交い、楽しげにしている様子をこうして眺めていると、つい先日目の当たりにしたばかりの男の死さえ悪い夢だったのじゃないかと思えてくる。

明治の世に欧米に追いつけとばかりに、この国は西欧の文化を取り入れて、大正となってからそれらは国民文化として花開いた、と学校の先生たちは口を揃えて言う。国家よりも個人が重視される世となり、自由が叫ばれるようになった。

そんな世に、どうして妖怪のような化物がいるだろうか。

「照らす光が強いほど、足下に落ちる影は濃くなるものだ。春彦、よく覚えておきなさい。どれほど科学が発展し、この世をくまなく光で覆っているように見えても、世界の抱える秘密は永遠に謎のままなのだと。所詮、人というのは矮小なものだ。言葉では捉えることのできない世界があることを忘れてはいけない」

断言めいた言葉に、不覚にも圧倒された。

「ですが、妖怪も幽霊もいませんよ」

「それは殆どの人の目には見えないからだ。人は五感で感知できないものを存在しない、と断言してしまうが、それはあまりにも狭量に過ぎる。人の目では捉えられずとも、猫の目には映るものもあるだろう。科学の目でなければ視えない世界があるように」

「ですが、そんなオカルトめいたもの」

「光の中では視ることができない。闇の中に身を置いて目を凝らしてこそ、視えてくるものがこの世にはあるのだよ。――私はそれを求めているんだ」

香月の溢したその言葉はほんの微かなものだったが、それは人々の喧騒の中にあってもはっきりと僕の耳に届いた。

前髪の奥に見える瞳には、嘘や誇張の色は一切見えなかった。

「……小説家というのは業の深い生き物ですね」

「全くだな。だが、業のない人間などおそらくいない。自らのそれと向き合わずに逃げていても苦しいばかりだ」

顔を顰める香月も、かつては己の背負ったものから逃げ出して苦しい思いをしたのだろうか。

そんなことを思いながら、香月の手を引いて博軌電車が停まる博多駅前へ向かう。

「住吉の何処で降りますか。住吉町二丁目と住吉宮前と二つあります」

「住吉宮前にしよう。塩梅がよさそうだ」

「分かりました」

電車がやってきて乗り込むと、やけに男性ばかりが目立つ。誰も彼もがなんだか浮き足だっていて奇妙な感じがした。強い煙草の匂いに思わず顔を顰める。

そこでようやく思い至った。彼らの多くは遊郭へ向かっているのだ。新柳町の電停で降りるつもりなのだろう。想像していたよりも、ずっと多くの人数に思わず面喰らう。

香月と目が合うと、僕が考えていたことを察したように首肯した。

そうして隣でカンカン帽を被った中年の男性の肩をつつく。

「ん？　なんね、アンタ」

怪訝そうな男性に対して、香月は薄く微笑んだ。

「ご苦労様です。旦那も遊郭へ？」

「ん？　ああ、そうとも。馴染みの女の元へ顔を出さんといかんからなあ。ほれ、土産も持参しとうとばい」

ニッ、と歯を見せて笑ったところで、男は香月の背後に立つ僕の方へと視線を向けた。

「兄さんは女遊びじゃなさそうやね。流石に弟ば連れては行けんもんな」

「そうですね。しかし、恐ろしくはないのですか？　最近、あの辺りで何人か人が死んでいるでしょう。何か得体の知れないものに襲われたとか」

「おう、例の化物騒ぎやろうもん。なんがそげんくらい、なんでんなか。そぎゃんた返り討ちにしちゃるばい」

　ガッハッハ、と豪快に笑う。

　愛想よく頷いてから、香月が振り返ってこちらに視線を戻した。

「誰も自分が狙われるかもしれない、なんて思っていないんだ。よく分かっただろう」

「……呆れた。もう何人も犠牲が出ているのに」

「春彦。遊郭の出入り口には門がある。学生のうちは間違っても迷い込まないように。修猷館の校長は風紀については特に厳しいぞ」

「行ったことなどないという割にはやけに詳しいですね」

「知らぬものを書かねばならんから、人一倍詳しくなる。きっと、ああして通っている連中なぞよりも成り立ちや歴史については詳しいぞ」

　それはその通りかもしれない。客の方はそうした事情など興味がないだろう。そもそも関心など持ち合わせていないのではないだろうか。

「……やはり僕は好きになれそうにありません」

「さて、もう間もなくだ。降りるとしよう」

　香月も電車にすっかり慣れたようで、切符と小銭を乗務員に渡して電停へ降りる。住吉宮前で降りた乗客は、僕と香月の二人だけだった。電車は騒がしい様子で発進して走り去っていく。

電車が去ってしまうと、急に辺りが薄暗く感じられた。住吉宮も有名な神社だが、夜はやはり人気など殆どなく、ひっそりとしている。おまけに近くには駐在所がぽつんと一軒あるばかりで、人家も少なく、殆どが草っ原で驚くほど暗かった。

簑島の先、柳橋の向こうは別世界のように煌(きら)びやかな明かりが見える。

「さて、念願の化物探しだ」

このまま次の電車で帰ってしまおうか悩んだが、結局は上機嫌に杖をくるくると回している香月の後をついていくことにした。先日、仕事を途中で投げ出したことが悔やまれる。

「今夜が満月でよかった。月明かりがなければお互いの顔も見えなかったぞ。次はランタンを持参せねばならないな」

「先に言っておきますけど、我が家のランタンは持ってくるつもりはありませんから。僕の物ではありませんし」

「なに、これも作品作りの為だ。経費として御父上に用意させるといい」

「それなら直接、父に電話をしてください。僕は伝言係じゃない」

風が吹く度に野原に生えた背の高い草が揺れて、虚ろな音を立てる。なんとも言えない、不気味な気配があちこちから感じられるようだった。

注意深く草むらを歩くような跫音(あしおと)が妙に耳に残る。

「辺りに何かいませんか。跫音がします」

「春彦は耳もいいんだな。どちらから聞こえてくるか分かるか？」

柳川の一つ手前にある小さな川、その畔の辺りから音が聞こえてくる気がした。草を踏む音に混じって、僅かに水の音がする。

「行くぞ。なるべく音を立てないようにしなさい」

さっと駆け出した香月の後を追いかけたが、ものの数秒としない内に追いついてしまった。ぜぇぜぇ、と陸に上がった魚のように苦しげにしている。

「……もうバテたのですか」

「慎重に行こう。逃げられては元も子もない」

早々に杖をつき始めた香月と共に音のした方へ進んでいくと、やがて酷い悪臭が風に乗って漂ってきた。思わず鼻を摘まむ僕とは対照的に、香月は屈んでじっと視線を向けている。

ぼきり、と枝を手折るような乾いた音が闇に響いた。

たったそれだけで体中の血が凍りついてしまったような心地がした。

瞬き一つしない香月の視線の先に、青白い月明かりに浮かび上がるように痩せた背中が見えた。砂時計のような凹凸のある肢体は女のものだ。それが膝をついて、四つん這いの姿勢になって何かを食んでいる。

ごつり、ごつり、と硬いものを噛む音がした。むせ返るような草木の青い匂いに混じって、強い鉄錆の匂いが鼻を突く。

長い髪を揺らして這いつくばる女の向こうに、奇妙な形に折れ曲がった腕が見えた。二の腕の辺りで折れているのか、白い骨が肉を裂いて飛び出してしまっている。

三月とはいえ、夜はまだまだ冷える。吐いた息が白くなるように、女の下にあるそれからは白い湯気が濛々と血腥く立ち上っていた。

人を食っている。

ようやく鈍間(のろま)な頭が、見たままの映像を事実として受け止めた。

「あっ」

息を吸うように引き攣った声が喉から漏れた。

女の動きが止まる。そうして宙へゆらりと浮かび上がった。

呆然としていると、焦点が定まっていくように何かが視える。女の腰の辺りから幾本も伸びているのは、白い人間の腕だった。何本もの腕が足の如くごとく地を掴み、まるで蜘蛛のようだ。

振り返った女は、口元から胸の辺りまで返り血に赤く染まっている。白い裸体に鮮やかな赤い色がおぞましくも美しかった。

「春彦。走れそうか」

強張っているが、はっきりとした口調で香月が立ち塞がるように僕の前に立った。

そうだ。逃げなければならない。そうでなくては次にあの無残な死骸を晒すことになるのは僕だ。

踵(きびす)を返そうとして、尻餅をついてしまった。呆然として膝に力が入らない。

「そうか、腰が抜けたのか。――此処までだな」

香月が呆気なくそう言って杖を放り捨てた。

喉が震えて仕方がない。僕を置いて逃げてくれ、という言葉が声にならなかった。

「まるで蜘蛛女だな。いや、土蜘蛛とでも呼ぶべきか」

一歩、香月が化物に近づいた瞬間、背後の方から若い女性の声がした。聞き覚えのある声が叫んでいる。

その時、女が軋むように動きを止めた。

「姉様、何処にいるの！」

その悲痛な叫びに女が俯いていた顔を上げる。髪に隠れていた顔が露わになって、今度こそ僕たちは心臓が止まりそうになった。

「……千代？」

呆然とそう呟くと、化物は闇の奥へと風のように去っていって、それきり見えなくなってしまった。

暫くしてやってきたのは息を切らした一人の少女で、その顔にはやはり見覚えがあった。

「どうして？　何故貴方たちがこんな所にいるの？」

前に見たのとは違う縞柄の着物を着ているが、間違いなく彼女は先日の歩き巫女だ。

何かを探すように、息を切らしながら周囲に視線を配っている。

「ねえ、変なことを聞くけど私の姉を見ていないかしら？　もしかしたらこの辺りにいるかもしれないの」

まだ言葉の出て来ない僕の代わりに香月がようやく口を開いた。

「……とりあえず警察を呼んだ方がいい。君も一緒に来なさい」

「どういうこと？　私のした質問の答えになっていないわ」

挑むような瞳をしている彼女に降参するように、香月が両手を挙げた。

「おそらく君が想定している中で最も悪い事態だ。私たちが見聞きしたことは全て嘘偽りなく説明する。だが、まずはお互いの保身の為にもここを離れよう」

千代さんは匂いに気づいたのか、鼻と口を手で覆った。それから僕たちの向こうにある辺りを怪訝そうに睨みつけて、すぐに顔を横へ逸らす。

「私の考える最悪というのは、そこに転がっている腕が姉さんのものであることよ」

「……予想外の答えだ。――春彦、もう立てそうか？」

差し出された手を掴むと、ようやく立ち上がることが出来たが、まだ自分の足という気がしない。

「よく平然としていられますね」

「これでも動揺している。九死に一生を得たのだからな。そこの杖を拾ってきてくれないか。ひとまずは引き返そう。駐在に事情を説明しなければ」

香月の杖は少し離れた砂利の上に無造作に転がっていた。持ち上げた杖は想像していたよりもずっと重く、作りもしっかりとしている。

「でも」

「千代さん。姉上のことが心配なのは理解できる。だが、ああして遺体をそのままにしておけば野犬が来て損ねてしまう。それはあまりにも哀れだ」

幼い前髪をした千代さんは沈痛な目を伏したまま悄然と頷いた。

警察に事情を話さないのか、とも思ったが、あんなものを誰がまともに取り合うというのだろうか。

この野っ原の何処かで、あの巫女の姿をした何かが私たちのことを見ているのかもしれない。

そう思うと今にも気が狂いそうだ。

「ともかく急ぎましょう。今すぐ此処から離れないと」

遠くに見える電停の明かりが、まるで夜の海で見かける灯台のようだった。

三

暖炉の薪が燃えて乾いていく音が洋間に響いていた。

椅子に座りながら、足下に感じる分厚い絨毯の感触がなんとも落ち着かない。

上品に装飾された調度品の数々、奢侈（しゃし）を排した文化的で進歩的な調和が売りだというが、僕のような一般人からすればハイカラでいけない。

「天神にこんな別宅をお持ちなんて。小説家の先生ってすごく儲かるのね」

椅子に座って紅茶を飲んでいる千代さんは僕のように怯えるどころか、むしろ堂々としていて遠慮がない。紅茶も初めて口にしたそうだが、すぐに気に入ったらしい。

「何度も言っているが、私の所有物ではない。実際、私もやって来るのは初めてだよ。いつ訪ねても使えるようにしているとは聞いていたが、まさか使用人が常駐しているとは思わなかった」

僕の隣で珈琲を啜（すす）る香月が、肩をすくめながらそう言った。

それにしても、かの銅御殿（あかがねごてん）から程近くに、こんな洋館を所有していられるのだから並大抵のことではない。香月の背後に何があるのか、知るのが少し恐ろしくなった。

あれから駐在所で事情を説明し、警察署で事情聴取を受けてきた後、千代さんと話をする為に香月が此処へ私たちを連れてきたのだった。倫太郎さんが取り調べをしていたなら、きっと此処までついてきていたに違いない。

「さて、そろそろ身体も温まった頃だろう。本題に入るとしようか」

香月が不躾にそう切り出したので、聞いているこちらの方がひやりとする。

「そういえばあなたには自己紹介がまだだったわね。私、夕川千代です。姉は八重」

一瞬、脳裏をあの宙に浮かぶ姉巫女の姿が過った。心臓を鷲掴みにされるような恐怖に足が震えそうになる。

「瀬戸春彦です。歳は十四です」

「そう。なら私の二つ下ね。先日はごめんなさい。気を悪くさせてしまって。でも、馬鹿にしたつもりなんてないの。綺麗な瞳の色をしているから褒めたくなったのよ」

「こちらこそ態度が悪かったと思います」

あの場で堪らずに逃げ出してしまったのは、僕の精神的な弱さが原因だ。彼女の言葉には悪意はなかった。

「大人びた話し方をするのね。男の子は馬鹿な子が多いのに」

「……その歯に衣着せぬ物言いはなんとかなりませんか」

千代さんこそ、僕の知っている同年代の少女とは比べ物にならない強さを感じる。怯えたところがまるでない。堂々としていて、どこまでも毅然としていた。

「先生とは前に自己紹介を済ませておいたから、もういいですよね」

香月は頷いてから、珈琲カップをソーサーの上へ戻した。

「単刀直入に聞こう。君の姉上は何処で何をしている？」

まるで鋭利な刃物を喉元に突きつけるような一言だった。大抵の人間なら戸惑うようなその言葉を前に千代さんは鋭く睨み返した。

「嘘偽りなく話す、と言ったのは先生の方でしょう？　質問に答えるのはそちらが先よ。そうでなくちゃ、私は何も答えないわ」

香月は舌打ちの一つでもするかと思ったが、酷く感心した様子で手を叩いた。

「それもそうだ。確かに私は君と約束を交わしたのだったな」

「聞かせて。さっき貴方たち二人は、あの野原でいったい何を目にしたの？」

咄嗟に僕の方から事情を話そうとしたが、香月が手で制した。

「私の口から話そう。彼は私に巻き込まれただけだ」

香月は昨夜の出来事を話し始めた。流石は小説家と言うべきか、淡々と時系列に従って私情を排して、起こった出来事だけを簡潔に伝えていく。

千代さんは香月の話を顔色一つ変えずに聞き終えて、ありがとう、と小さく囁いてから顔を伏せた。

泣いているというよりは、耳にした言葉を懸命に呑み込もうとしているように僕には見えた。

「……そうであって欲しくないと願っていたことに限って、どうしてこうも的中してしまうのかしら」

　頭を抱えて悲痛な表情を浮かべているが、泣いてはいない。

「……先に最初の質問に答えると、実は姉さんは姿を消してしまったの」

　何処に居るのか私にも分からない、と続ける。

「夜になると何処かへ出かけていることが月に何度かあって、何処かへ遊びに出かけているのかと思って後を追いかけてみようとしたのだけれど、いつもうまくいかない。翌朝には帰ってきていたから良い人でも出来たのかと思っていたの。もう結婚をしていてもおかしくない歳だし」

「化物騒ぎのことを君は知っていたのか？」

「先生、噂に疎くていいことなんてないわ。私たちみたいな生業の人間は、いつまでも同じ場所にいられるほど恵まれていないの。特に危険については敏感でないと。でも、化物なんて馬鹿馬鹿しいと思っていたわ」

　気づけなかった、と悔しげにいう。

「だけど、私も馬鹿じゃない。事件が起こる日と姉さんが抜け出す日が一致していると気づいてからは、姉さんのことを監視することにした。でも、気がつくと姉は布団から音もなく離れていて。そして、またいつの間にか戻ってきているの」

　まるで夢遊病の患者のようだ。彼らは出歩いている間の記憶がないと聞くから、八重さんも自身に何が起きたのか分からないのかも知れない。

「それでも着物には汚れ一つついていなかったから、まだ姉さんのことを信じることができた」

でも、と千代さんが僕の方を見た。

「つい三日ほど前から姉さんは家に戻らなくなってしまった。借りている家のご近所さんが『住吉大社の辺りで見かけた』と教えてくれて、ずっと探し回っていた時に、あなたたちを見つけたの」

「その事情では警察に相談する訳にもいかないか」

「きっと、姉さんは容疑をかけられていると思う。事実、家の近くで警察の人間を見かけたこともあるの。でも、そんな彼らも姉が抜け出したのは分からなかった」

あの恐ろしい蜘蛛のような腕を使えば、どうとでもできるのだろう。仮に見かけたとしても、追いかける術がない。

「姉さんはきっと正気を失っているわ」

「どうだろうか。彼女は君の声に反応していた。微かにではあるが、自我があるのだろう。問題はどうしてあんなことになっているのか、ということだ。あれも巫女の力なのか？」

「いいえ、違うわ。そんなものは私たちが使役するものじゃない」

「君たちは姉妹で同じ式を使役しているのか」

式、という聞き慣れない言葉に眉を顰める。

「式神のことよ。私たちのような人間が使役する妖魔といえばいいのかしら。私も姉さんも動物の霊を使うの。歩き巫女だった私たちの師匠から分けて貰ったものなのよ」

さも当然のように千代さんは言う。しかし、僕も今更になってそういうものを疑ったりはしなかった。あれだけのものを目の当たりにすれば、誰だって否応なく適応するしかない。

「それを使って人を殺すことは出来るものなのか？」

香月の遠慮のない言葉に、千代さんは首を横に振った。

「呪術に使おうと思ったところで、せいぜい怪我をさせる程度のものにしか扱えないわ」

「どうして？　もっと強力な式もいるのだろう？」

「人を呪い殺せるような強い式を縛り続けるだけの霊力が私たちにはない。無理にそんな式を使役しようとすれば、あっという間に死んでしまうわ。喩えるのなら、人喰い虎に自分を食わせる代わりに、相手を襲わせるようなもの」

彼女の言葉に僕は首を傾げずにはいられなかった。どう考えても天秤の針がおかしい。それほどの犠牲を払って、ようやく人間を一人殺すことしか出来ないのなら、包丁で刺殺してしまう方がよほど手っ取り早い。

「非効率じゃありませんか？」

「春彦の言うとおりよ。効率が悪いの。だから、私たちのような巫女は身の丈にあった式を使役して、小さなことを細々とさせるだけ」

「つまり君の姉は取り憑かれていると？」

「きっとそうなんだと思う。――どうして気づいてあげられなかったのかしら」

「仲がいいんだな」

「姉妹だもの。当然でしょう？　ずっと二人きりで生きてきたの。私が姉さんを救ってあげなくちゃ」

不意に、とある考えが頭に浮かんだ。

「……提案なんですけど、千代さんの力でどうにか出来ませんか？　託宣をしてみるとか」

「難しいと思う。あのね、神託というのは問うた人自身のことでないと、途端に精度が低くなるの。他人のことを問う行為自体をご法度にしている巫女もいるくらい」

「つまり、たとえば親が子供の結婚する時期を訊いたとしても外れてしまうということですか。本人が聞けば正しく予言されると？」

「少し違うわね。たとえ親でも必ず外れるわけではないし、反対に本人であっても占う先が遠くなるほど外れることもある。なんて言うのかしら、遠眼鏡で見るのに似ているの。近くだとくっきり見えるけれど、遠くなるほどぼんやりして見えないでしょう？　問うた人間からの距離によるのよ」

居場所を特定しようにも、同じ場所で隠れ続けているという保証はない。

「とにかく私は姉さんの凶行を止めたいの。優しい人なのよ。あんな恐ろしいことを続けさせる訳にはいかない」

千代さんの気持ちは痛いほどよく分かる。もし兄が同じように自分の意志とは関係なく、人を殺めていたなら何があっても助けたいと願う筈だ。それこそ、その為には手段を選ばないだろう。

「警察に捕まえられる訳にはいかないの。だから私が最初に見つけて、すぐに熊本へ帰る。……姉さんに罪はないんだもの」

そんなに簡単にいくだろうか。この国の警察は優秀だ。先のドイツ軍将校の妻が殺されたイルマ事件もあっという間に犯人を見つけ出して解決してしまったし、こと殺人事件においては力の入り方が違う。

「誰かが止めなければ凶行は続くということか」

「ねえ、一つだけ訊いてもいいかしら」

「なんだ」

「どうしてこんな探偵の真似事のようなことをしているの？　警察でもないのに、あんな場所までやってきて。危険だと思わないの？」

千代さんの言い分はもっともだ。同じ立場なら僕もまったく同じ事を思っただろう。実際に口にするかどうかは別だが。

「取材だ。一言で言ってしまえば、より良い作品を書く為だよ。香月蓮の新たな作品を生み出す為だ」

少しも悪びれた様子もなく、香月はそう言い切った。

千代さんは少しだけ呆れたような顔をしたが、すぐに笑みを浮かべた。

「おかしな人。作家の先生ってみんな貴方みたいにおかしいの？」

そうとも、と香月は間髪入れずに断言した。

「程度の違いはあるにせよ、作家というのは凡て頭のおかしな狂人なのだよ」

夜も更けてきたので、今夜はこのまま泊めて貰うことになった。

天神から呉服町まで歩いて帰ることは難しいことではないけれど、殺人事件が起きたばかりだ。警官も気を尖らせて巡回しているだろう。そんな時にこんな見るからに学生と分かる格好でうろついていたら、すぐに見つかってしまう。

実家に電話をかけ、僕の帰りを待っていた父に事情を説明すると、父は心配するどころか『良い良い。存分に励むように』と背中を押されてしまった。そもそも誰のせいでこんな目に遭っていると思っているのか。

受話器を戻して、ついさっき使用人の人に案内された客間へと戻ることにした。客間といっても、僕の家の居間よりも広い。天井も高く、窓には色のついた硝子が意匠の凝った枠に嵌められていた。

「寝台で眠るのは初めてだな」

調度品も高価そうだが、特にこの大きな寝台に横になるのは躊躇われた。

きっと千代さんは物怖じせずに横になっているのだろう。しかし、僕の心臓には彼女のように毛が生えていないのでそういう訳にはいかない。彼女は勧められるままに風呂まで喜んで借りていたが、到底そんな気にはなれなかった。

「西洋の人は毎日、こんな大仰な場所で眠るのか」

とにかく布団に比べて大きい。相当な場所を取ってしまっている。布団なら邪魔であれば押し入れに収納しておけるが、これはそうはいかない。掃除をするのも一苦労だろう。

「これも社会経験かな」

照明の明かりを消して、枕元にある電灯を点けた。何もかも西洋風というのは、どうにも居心地が悪い。

スリッパを脱いで寝台に腰を下ろすと、なんとも言えない奇妙な弾力を尻の下に感じた。こちらを持ち上げようとする弾力に一度降りて、手で押してみるとどうやら中に撥条（ぜんまい）が入っているらしい。

「……突き破ったりしないだろうか。いっそ床に掛け布団を敷いて寝ようか。絨毯もあるし、寝心地はそれほど悪くないだろ」

しかし、あの香月がいかにも慣れた様子で悠々と寝ているのかと思うと、勝負などしていないのに負けたような気持ちになる。

とうとう観念して横になってみると、思っていたよりも寝心地が良い。左右に寝返りを打ってみても快適だ。

天井に施された細工をぼんやりと眺めながら、壮絶な一日を振り返る。

「……疲れた。人生で一番忙しい一日だった」

平凡で穏やかな人生を送りたいと願って生きてきたのに、あの男と出会ってから、まるで嵐のように時間が過ぎていく。

世の中は僕が想像していたよりもずっと未知と神秘に満ちているらしい。目には見えない、触れることのできない世界があるということを嫌というほど痛感した。

「ああ、明日は八重さんを探さないと」

あれだけの会話の中で、誰ひとりとして『手遅れになる前に』とは言わなかった。既に分水嶺(ぶんすいれい)は過ぎてしまっていると理解しているからだ。自分の意志ではないにせよ、大勢の人を手にかけてしまっていることに変わりはない。

もしも兄が化物に成り果ててしまったなら、僕は最後まで兄の味方でいられるだろうか。どんな罪を背負っていても、共に歩むことを選べるだろうか。

鉛のように重い瞼を閉じると、僕の意識は蝋燭の炎を吹き消すようになくなった。

◆

男は生来、臆病な性格をしていた。

商家の次男として生を受けたが、人と話すことが苦手で人前に出ることを極端に嫌がった。しかし、算盤(そろばん)を弾かせれば隣に出る者はおらず、やがて経理を任せられるようになった為、長じてからは地元の銀行へ招かれるように就職することが出来た。

血を分けた兄弟とはいえ、性質が似かよるとは限らない。男の兄は快活で面倒見がよく、誰に対しても気さくで人を疑うことがなかった。どれほど実の弟が人付き合いを苦手にして友人もろくに作れずとも、それを邪険にしたことは一度もない。

そんな兄のことが男には眩くて仕方がなかった。

兄は祇園の実家を継ぎ、嫁を娶り、跡取り息子にも恵まれたが、弟の方は女を抱いたことすらない。若い頃は叶わぬ恋に胸を焦がしたが、三十も過ぎる頃には仕事に打ち込んでさえいれば人寂しさも忘れられた。

しかし、所帯も持つことのできない男は一人前とは認められず、社会的な信用を得られない。同期たちが次々と出世をしていく中、男だけはどれだけ真面目に働いても役職を上げることが出来なかった。

実家の父は顔を合わせる度に見合いをしろ、としきりに女性と会う機会を設けたが、思うようにうまくいかない。男も特に選り好みをしている訳ではなかった。ただ、どうしても相手の顔を直視することができず、言葉もろくに交わすことができない。貝のように押し黙ったまま、たまに相手の言葉に相槌を打つくらいのことしかできなかった。

見合いが破談になる度に、父は面目を潰されたと怒るので、とうとう実家にも寄りつかないようになった。

そんな部下の行く末を心配して、直属の上司が男のことを遊郭へと連れて出かけた。純朴な男であるので、仕事の打ち合わせがあるのだと嘘をついて。

いつまでも打ち合わせは始まらない。上司も何処かへ姿を消してしまい、男は困惑した。やがて白粉くさい遊女がやってきて、ようやく嵌められた、と知った男はひどく狼狽し、すぐに尻尾を巻いて逃げ出してしまった。

あちこちから聞こえる男女の楽しげな声が、まるで自分のことを嘲笑っているように聞こえる。鞄を胸に抱いて住吉の方へと懸命に走り、気がつけば暗い野っ原を呆然と歩いていた。

那珂川の真っ黒い水が音を立てて流れていく。

男は人間を好きになることができない自分を恨んだ。上司もよかれと思って自分を連れてきてくれたのだろう。こんな自分に目をかけてくれたのに、その期待に背を向けて逃げてしまった。女が駄目であれば、せめて男が好きであればまだ良かったのに。誰かを好くことができない自分が、どうしようもなく出来損ないであるように思えてならない。

数字はいい。美しくて無駄がない。感傷の入る余地もなかった。算盤だけを弾いて満足をしていられたら、どれほど良いだろうか。他人のことが恐ろしくて仕方がないのに、一人きりで生きていられるほど強くもない。

寂しい、寂しい、寂しい。

いい歳をして、べそべそと泣きながら夜を彷徨う己が情けなくて仕方がなかった。誰も彼もが満ち足りて見え、自分ばかりが不幸を背負っているように感じられる。

不意に、暗がりの奥から悲鳴が聞こえた。

ぎょっとして顔を上げると、野原を逃げていく中年の男の姿が見えた。洋袴を履いておらず、手足を振り回して必死に助けを呼んでいる。

咄嗟に、その場に伏せたのは本能だったろう。生まれてこの方、命の危険を感じたことなどなかったが、見つかってはいけないという男の直感は正しかった。

遠くてよく見えないが、逃げていく男を追うものがあった。重く長大な何かが乾いた野っ原を這うような音がする。それも一つや二つではない。ずるずると音を立てて、それは悲鳴を上げて逃げる男へと迫っていく。

しかし、いくら目を凝らしても、音の正体が見えなかった。

不意に男が倒れる。まるで足を何かに捕まれたようだった。手を突くことができず、顔から地面へ突っ伏している。

半狂乱になって男は叫んでいたが、この辺りは民家も疎らだ。おまけに川向こうの遊郭の賑わいで男の悲鳴を気にする者もいない。

やがて男の身体が空中に逆さまに浮かび上がった。まるで見えない縄に足を掴まれて吊るされているようだ。

「やめろ、悪かった！　無理矢理やろうとした俺が、」

許しを乞う男の声が聞こえて、その身体が地面へ投げつけられた。衝撃で気絶できていれば良かったが、男はひぃひぃと声をあげながら地面を這って逃げようとしている。

けれども数歩も動かぬうちに顔が見えない何かに地面へ押しつけられた。ぎしぎし、と頭蓋が軋んだ音を立てている。男は妙な方向に曲がった手足を死に物狂いで振り回していたが、顔が少しずつ潰れていく。

「化物！　化物！　ばっ」

ばんっと柘榴（ざくろ）が弾けるように男の頭が呆気なく破裂し、悲鳴が途絶えた。

首から上のない死体の手足が、しばらく虫のようにバタついていたが、やがて完全に動かなくなった。

一部始終を見ていた男は固く口を引き結んで、とにかく悲鳴を出さないように努めた。今すぐ此処から立ち去るべきだが、遠くで人の足音がした。

暗がりの奥からゆらりと幽鬼のように現れたのは若い女だった。着物が乱れてしまっており、露わになった白い肌が艶めかしく、男は目を逸らすことができなかった。

黒い髪を揺らしながらやってきた女は、顔の潰れた男の上に覆い被さると徐ろ（おもむろ）に口を開いた。

ぶつり、と皮膚を喰い破る音がした。

男の目の前で、女が死体を喰らい始める。

ごつり、ごつり、と骨を食む音に男は震え上がったが、どういう訳か視線を逸らすことが出来なかった。

男は息を殺したまま、女が人を喰い荒らす様子をただ眺め続けた。

やがて女は立ち上がると、ここから去るのかと思いきや、膝から崩れ落ちるようにその場に倒れてしまった。——それきり微動だにしない。

男は周囲に人気がないのを確かめてから、そっと草むらから立ち上がって女の方へと恐る恐る近づいていった。倒れた女の顔を覗き込んで、男は息を呑んだ。

青白い月光を弾く豊かな黒髪、凹凸に富んだ肢体、口元から胸元まで赤く血で染めた、その姿があまりにも美しかったからだ。

「——なんて綺麗なんだ」

自分の口から出てきた言葉に男は狼狽した。人を殺して喰った女を綺麗などと思うなんて。だが、この人を見ているとどうしようもなく胸が高鳴るのを感じた。生まれて一度も感じたことのない、飢えるような欲求に抗うことができない。

ともかく此処を離れなければ、と女の着物の左右を閉じて紐で結ぶ。帯を探せば見つけられるだろうか。

どうにか女を背負い、平田の自宅まで帰ることにした。民家など疎らにしかないが、警察に呼び止められてしまえば言い訳ができない。ともすれば犯罪者の烙印を押されるかも知れぬ。それでも男はこの美しい人喰いの化物を手放そうとは思わなかった。

たとえ、家で目を覚ました女が自分を無残に殺して喰ってしまったとしても、それはそれで構わないと男は達観していた。

——夜陰に乗じて誰にも見つからずに家へ帰ることが出来たのは僥倖としか言いようがない。古い借家ではあるが、それなりの広さの庭もある。木の塀があるので外からの視線も避けることができた。

布団を敷いて女を寝かせて湯を沸かし、なるべく身体を見ないようにしながら肌についている血を拭い取っていく。着物にも夥しい血がついていた為、脱がせて清潔な浴衣へと着替えさせた。

ようやく掛け布団を着せてから男は一息ついたが、女が目を覚ます様子はない。こうして改めてみると年の頃は二十歳やそこらではないだろうか。

「起きたなら事情を説明してあげなければな。きっと混乱するだろう」

目を覚ましてみたら、見知らぬ男の家の布団で寝ていたなんて貞操の危機を案じるだろう。或いは言葉を交わす暇もなく無残に殺されるかもしれない。

それでも、男はこうして女を眺めることをやめようとは思わなかった。どれだけ見ていても飽きることがないどころか、もっと見ていたいと思う程だ。

とっぷりと夜も更けてきた頃、女が呻くような声があげた。驚いて顔を覗き込んだところで、長い睫のある瞼がゆっくりと開く。

「目を覚ましましたか」

自身でも驚くほど流暢に、言葉が男の口をついていた。今までどもるばかりで満足に会話をすることもままならなかったのに。

女は狼狽して混乱すると思っていたが、ゆっくりと辺りに視線を巡らせてから男の顔をじっと見た。

「……此処は、何処でしょうか。高畑の辺りにいたはずなのですが」

耳障りのいい柔らかな声が、小さな仏間に染み入るように響いた。

「此処は私の暮らす家です。住吉の野原で倒れている貴女を見つけて介抱しましたが、誓ってやましいことはしていません」

女は男の説明に特に取り乱す様子もなく、頷いてからそっと身体を起こした。服の裾に乱れがないかさえ確認しようとしないことに男は違和感を覚えた。

「ご迷惑をおかけしました。服まで着替えさせて頂き、申し訳ありません」

「まだ身体を起こさない方がいい。貴女は倒れていたんですから」

「大丈夫です。そんなことよりも一つお伺いしても宜しいですか？」

女は流し目で男をじっと見つめた。光の宿らない、井戸の底のような暗い瞳に思わず息が詰まる。

「――恐ろしいものをご覧になりませんでしたか？」

枕元の照明に仄かに照らされた女の顔は、ぞっとするほど美しかった。

一瞬、脳裏を女が肉を貪る姿が過ったが、不思議と顔には出なかった。

「……いえ。何も見ていません」

女は、そうですか、とだけ短く告げてから目を伏せた。

項垂れた細い首筋、うなじが艶かしい。色白というよりも、血の気を感じない青白さだ。こんな魅力的な女が、普段寝起きしている部屋にいるのだと思うと、男は堪らなくなって視線を逸らした。

「事情は聞きません。ともかく今は休んでください」

「いえ、ご迷惑ですから。奥様にも叱られてしまいますよ」

「心配には及びません。いい歳をして連れ合いもいませんから、どうぞ遠慮なさらずに。せめて血の気が戻らないと倒れてしまいますよ」

男の申し出に女は悩んでいるようだったが、やがて観念したように頷いた。

「お言葉に甘えさせて頂きたいと思います」

「それがいい。必要なものがあればなんでも仰ってください。枕元に水を用意してありますから小まめに飲んでください」

「ありがとうございます。……あの、もう一つだけ訊いても構いませんか？」

「ええ。なんなりと」

「私が倒れていたという場所に箱が落ちていませんでしたか？　これくらいの細長い、蓋のついた木の箱です。紐で固く縛られています」

「……箱ですか。あなたにとって大事なものなのですね」

「――はい。あれだけは失くすわけにはいかないのです」

あの時、血に染まった辺りにはそんなものは落ちていなかったと思う。しかし、なにぶん辺りが暗かったので男も記憶が定かではなかった。

「すいません。箱らしきものは近くになかったと思います」

「……そうですか」

沈痛な面持ちの女を見ていると、男の胸が締めつけられるように痛んだ。

「少し見てきましょう。あなたは此処で横になっていてください」

「いえ、ご迷惑になりますから自分で探しに行きます」

「また倒れてしまいますよ。どちらにせよ、明朝まで身動きはなさらない方がいい。誓って指一本触れたりしませんから。箱のことは任せてください」

女は少し悩んだようだったが、やがて申し訳なさそうに目を伏せて頷いた。

「ありがとうございます。お願いします」

それだけで男は有頂天になりそうだった。頭の中で可憐な百合が花開いたように感じられて、思わず笑みを浮かべそうになる。

「箱の中身は見ないようにお願いします」

「勝手に見たりしませんよ」

励ますように笑ったが、酷い笑顔になってはいないだろうか。紳士然として話をしたつもりだが、どこまでうまくいったか分からない。

男は立ち上がって廊下へ出ると、衣紋掛けからコートを手に取った。

提灯を持って行くべきか少しだけ思案して、やはり持って行くのはやめた。あそこは殺人現場だ。ともすれば誰かの目に留まり、警察が集まっていてもおかしくはない。なるべく目立たないようにすべきだ。

人を喰った化物と世間は大騒ぎとなるだろう。だが、それがなんだというのか。

男は高揚した心持ちで家を後にした。油断すれば鼻歌を口ずさみたくなるほど気分がいい。

周囲に人影がないか、注意深く確かめながら背の高い草木の影に隠れて那珂川を目指す。野原を踏みつけて土手の方まで行くと、何やら簑島の辺りが騒がしい。

「ああ、まずい」

引き返そうとして、不意に何か柔らかいものを踏みつけた。それは着物の帯だった。豪華なものではない。女性が普段使いするような、簡素なものだ。しかし、まずこんな土手沿いに落ちているような代物ではない。

彼女は乱暴をされたのだ、と直感的に分かった。あの男も確かに命乞いをする際に彼女に謝罪をしていた。

「なんてことだ」

自分の鈍間加減が嫌になる。これほど鈍い男がどうして女の人に好かれるだろうか。知らず知らずの内に傷つけてきたに違いない。

男が呆然としながらも周囲へ目をやると、枯れたススキの下に細長い箱を見つけた。掛け軸でも入っているような大きさで、彼女の言ったように厳重に紐で封をされている。

「これか」

持ち上げてみると、ぎょっとするほど重い。男が怪訝に思って箱をゆっくり振ってみると、何か重たくて弾力のあるものが上下に揺れたような感触がした。

何が入っているのだろうか。

思わず紐に指をかけようとした所で首を横に振る。決して中を見ないよう言われたのをすっかり忘れてしまっていた。

きらり、と眩い光がこちらへ向いて咄嗟にその場に伏せた。持ち運びができるという電灯だろうか。

男は草の上に伏せたまま、這って逃げた。

草むらから飛び出し、まるで盗人のように夜を駆ける。

箱を抱えて息も絶え絶えに家へ戻った男は、玄関先で必死に呼吸を整えようとした。普段から運動をすることなどなかったので、ほんの少し駆けただけで心臓が破裂しそうだ。鼓動も山笠の太鼓のように激しく打っている。

「ふふ、はは。ははは。何をしているんだ、私は」

人が一人死んでいる、いや、喰い殺されているというのに。無性に可笑しくて仕方がなかった。昼間、会社の机で帳簿と睨み合っていたのが遠い過去のようだった。

なるべく平然を装ってから、玄関の鍵を外して家へ入る。音を立てないように気を遣ったが、見れば女が廊下に顔を出していた。若い女の白い肌が見えて、男は思わず顔を逸らした。

「おかえりなさい」

かけられた柔らかな言葉にハッとして、男は呆然となった。まるで雷に打たれたような心地がした。

「ありました。紐も解けていません」

女の顔に笑みが浮かび、心底安堵した様子で長く息を吐いた。

「ありがとうございます。ああ、本当によかった」

「無理をしてはいけません。とにかく横になっていてください」

こういう時、本来ならば警察を呼ぶべきだろう。それから医師にも診て貰うべきだ。そもそも彼女は何処まで覚えているのだろうか。

そんな男の懸念を余所に、女は達観したように「必要ありません」と淡々と告げる。

「ですが」

「それ以上は仰らないでください。お願いですから」

そう言われたら何も言うことはできない。しかし、男にはどうしても聞いておきたいことがあった。

「分かりました。でも、一つだけ教えて頂けませんか」

「……私に答えられることでしたら、なんなりと」

「お、お名前を伺っても宜しいでしょうか」

男の問いに女は微かに口元を緩める。それは笑みというにはあまりにも弱々しいものだったが、男にとってはそれで充分だった。

これは恋だ。これが恋なのだ。

「八重です。夕川八重と申します」


大正九年九月某日のことであった。

第三章

一

硬いドアを叩く、軽快なノックの音がした。

瞼を開けると、見覚えのない天井が見えて戸惑う。再びノックの音がして、僕はようやく此処が自分の家ではないことを思い出した。

「瀬戸様。お目覚めでしょうか」

溌剌（はつらつ）とした若い男の声に飛び起きた。

「はひ、すいません。いま起きました」

「おはようございます。朝食の準備が出来ております。ご用意ができましたら居間へお越しください」

「分かりました。ありがとうございます」

必死に寝ぼけた声を出さないように努力したが、きっとお見通しだっただろう。この寝台が思いのほか寝心地がよかった所為（せい）だ。時計へ目をやると、午前七時を回った頃だった。

眠気が覚めきらぬまま制服に手を伸ばした所で、ようやく今日が平日であることを思い出した。しかし、今は学校どころではない。

「まぁ、あんなところを目の当たりにしておいてぐっすり寝られるんだから、僕も思っていたより肝が太いな」

制服に着替えてから制帽と外套を手に客室を後にする。一応、寝具はある程度は元通りにしておいたが、なにぶん布団とは勝手が違った。

昨夜、三人で話をした居間には既に香月と千代さんの姿があった。香月は和食、千代さんはサンドイッチを食べているようだ。

「思ったよりも朝は苦手のようだな。春彦」

勿論起こされる前に起きるつもりだった。事実、毎日兄弟の誰よりも早く起きて支度を始めるのは僕だ。

「文句なら、あの華族が使うような寝台に言ってください。寝心地が良すぎてちっとも目が覚めないじゃありませんか。あれでは堕落してしまう」

椅子に着きながら唇を尖らせずにはいられなかった。あんなものを味わってしまっては床に布団を敷いて寝ているのが馬鹿らしくなってくる。

「最高の褒め言葉だな。私は、どうにもあの妙に反発するところが好きになれそうにない。畳の上で布団を敷くだけで充分だ」

「天下の香月先生のお布団なんだから、きっとお豆腐みたいに厚いんでしょうね」

僕も千代さんと全く同じことを思った。

会話の合間に、すっと横から黒い給仕服を着た若い男性が現れた。すらりと背が高く、眼鏡をかけていて如何にも育ちが良さそうだ。そして、とにかく顔がいい。二枚目だなんて言葉では言い表すことができない。等身が僕などとはまるで違う。洋髪もとてもよく似合っていた。

「瀬戸様、朝食は和食と洋食のどちらが宜しいでしょうか？」

「あ、ええと和食をお願いします」

「承知しました」

「春彦。お前にも紹介しておこう。彼女は此処の管理を任されている、雲井みゆきさんだ。私もこうして会うのは二度目だが、とても有能な女性だよ」

香月の言葉に僕は耳を疑った。

確かに言われてみれば男性にしては身体の線が細く、華奢な体つきをしている。どうやら眼鏡も伊達のようで、レンズが冗談のように薄かった。

「恐れ入ります。どうぞ、雲井とお呼びください」

頭を下げる仕草がなんだか芝居がかって見えるのは、彼女が男装の麗人と知ったからだろうか。

「素敵よね。まるで少女歌劇団の男役みたいだわ」

「光栄です。春彦様、暫しお待ちを」

千代さんの言葉に平然と返して颯爽と戻っていくあたり、彼女も只者ではない。

「食事の前に話しておきたいんだが、春彦には今日は学校を休んで貰いたい。八重さんを探すべきだと私は思っている」

「そうですね。僕もそう思います」

「校長へ私から電話を入れておこう」

香月の申し出を断ろうかと思ったが、此処は素直に受け止めることにした。

「助かります」

「なんだ。てっきり不要だと断ってくるかと思っていたのに」

「なんでつまらなそうにしているんですか。僕のような学生が担任に連絡をして欠席すると伝えるよりも、作家の香月蓮の仕事を手伝う為に止むなく欠席すると張本人から連絡がある方が学校の心証が良いでしょう」

どうせ校長には話が通っているのだ。下手に隠そうとして不利益を被るよりも、香月のせいであることをしっかりと主張した方がいい。

「それでいい。存分に私のことを利用するといい」

「ええ。そうさせて貰いますよ」

肩をすくめた所でみゆきさんが朝食を持ってきてくれた。炊きたての白米、焼き色のついた塩鯖、大根と油揚げとネギの味噌汁。大根と人参のお新香が小皿に分けてあるのも嬉しい。

「お待たせしました。お口に合うと良いのですが」

「ありがとうございます。頂きます」

豪華な朝ご飯だ。おまけに量も申し分ない。

「どれも美味しいです」

「恐れ入ります」

　みゆきさんは微笑んでから、そっと香月の耳元で何事か囁いて居間から出ていく。香月は特に顔色を変えもしなかった。

「でも、いいの？　学業に遅れが出てしまうわ」

「二、三日の授業内容なら学友からノートを借りれば大抵のことは理解できます。それに今更知らないふりなんて出来ませんよ」

「……ありがとう。恩に着るわ」

「それよりも問題は、どうやって探し出すのかでしょう。闇雲に探しても仕方がありませんよ。それこそ昨日だってどうして住吉にいたのか。その理由も分からないんですから」

　言ってから塩鯖の身をほぐして口に頬張り、その塩気を追いかけるように白米を口に放り込んだ。

　千代さんには悪いが、僕は八重さんのことをもう人間として見ていない。あれは化物だ。どの程度、自我が残っているのかも分かったものではない。それでも行動には理由がある筈だ。無差別に人を襲っているというには、あまりにも犠牲者に偏りがある。

「春彦。それについては私に考えがある」

「考え？」

「ああ」

　妙に自信がありそうだが、昨夜の内に妙案でも浮かんだのだろうか。

「姉が何処にいるのか。先生には見当がつくというの？」

「いいや、全く分からない。見当もつかない」

「何が言いたいんです。手がかりもろくにないのに」

「そう。分からないことばかりだ。彼女はどうして昼間に人を襲わないのか。そもそも何処に身を隠しているのか。彼女にはどれくらい自我があるのか。どうして男ばかりを狙って襲うのか。何も確かなことは分からない。だが、私は彼女にある種の神性を感じた」

それだけは確かだ、とよく分からないことを言う。何かを伝えようとしているのだろうが、婉曲すぎて全く意図が伝わってこない。

「……先生。僕のような凡人には先生の仰っていることが全く理解できないので、八重さんを探す手段を簡潔に結論だけ教えて貰えませんか？」

香月は僕の言葉に盛大に眉を寄せた。

「私から言葉を奪おうというのか」

「ご高説はまた道中、幾らでも伺いますよ」

お新香をばりばりと噛みながら、結論を促す。

「――託宣だ。神託を得る」

こいつは昨夜の話を聞いていなかったのだろうか。それともまだ寝惚けているのか。

「先生。私の神託だとやっぱり難しいわ。とても姉さんの場所を特定できるような精度は出せない」

「精度の問題と言うのだろう？　ならば精度を上げてしまえばいい。一切の手順を省略しない。降ろす神から楽人たちまで全て完璧に揃える」

そんな力業でいいのだろうか。だが確かに、後、二人神職に携わる人がいれば本来の儀式を行える筈だ。神の依り代となる者、楽人、神に問う者の三人が揃う。

「でも、そんな大がかりな儀式はやったことがないわ」

「自信がないんですか？」

僕の問いに千代さんは露骨に嫌そうな顔をした。

「やれるわ。馬鹿にしないで。――弟分に心配されるほど私の力は弱くない」

「弟？　なんですか。それは」

思わず箸を取り落としそうになった。たった一晩で僕は弟分にされてしまったらしい。

「だって私よりも年下だし、背丈も低いでしょう？」

「背丈は関係ないでしょう。勝手に弟分にしないでください」

僕たちのやりとりを見ていた香月が可笑しそうに笑う。

「千代さん。春彦と色恋に発展する見込みはないのか？」

「ありません。姉の一大事に恋愛事を持ち込む程、器用にできていないわ。でも、弟分というのは可愛くていい」

前から弟が欲しかったの、と平然と言う。

「ああもう。話が逸れている。どうなんですか。できますか？」

正直、僕だって心の底から信じている訳じゃない。それでも、実際に人の死を言い当てているのは事実として在るのだ。この際、使えそうなものはなんでも使うべきだ。

「ええ。必ず的中させてみせる。もしも外すようなことがあったなら巫女を辞める」

「いや。そこまでしなくても構いませんよ」

そんなことをすれば彼女は生きていく手段を失ってしまう。

「春彦。これは神への誓約だ。不利益を背負うことで、己の巫女としての力を高めるのだよ。お前も願掛けの一つくらいしたことがあるだろう」

「それはそうですが、何も自分の人生を賭けなくても良いでしょう」

「お前が千代さんと同じ立場だったとしても同じことが言えるのか？　自分の持つ全てを賭けるのではないか？」

香月の問いに、思わず口を噤んだ。

人を喰って回る化物になってしまった兄上を止める為ならば、きっと手段は選ばない。それがたとえ身の破滅であったとしても僕は躊躇しないだろう。

「……そうですね。確かにそうかもしれません」

きっと、これは覚悟の問題なのだ。身の破滅を代償に願いを叶えるのではない。破滅を背負うことで覚悟を決め、文字通りの必死となって事に当たる為の宣言なのだ。その証として神へ誓約するのかもしれない。

「神降ろしを行う場所は私が手配しておこう」

「そこまでして頂かなくても。私は此処でも降ろせます」

「言っただろう。精度の問題だ。君は確かに非凡な霊媒体質を持つ巫女だと思っているが、だからこそ『場』を整えて儀式を行うことを軽視している」

「そうかしら。じゃあ、その点については先生にお願いします」

香月は満足そうに頷いてから席を立った。

「電話をしてこよう。今のうちに食事を済ませておくように」

やけに楽しげに見えるのは僕だけだろうか。好奇心が溢れ出て仕方がないのだろうが、如何せん隠しきれていない。

「あの香月蓮があんな変人だったなんて。私はきっと女の人が書いているのだと信じていたのに。がっかりだわ」

千代さんが心底残念そうにそう言ったので、思わず笑ってしまう。確かにあの本の印象と香月の姿はまず結びつかないだろう。

「外見はともかく、中身が残念なのよね。春彦がいつまでたっても起きてこないから、二人きりで延々と訳の分からない話を聞かされたのよ。古代では巫がどうこう、香椎宮がどうこう。住吉大社がなんのかんのって。——すっかり疲れちゃった」

同情する。あの長話を朝から聞かされたのでは堪らないだろう。

「諸事情あって、つい最近まで屋敷の敷地から出たことがなかったようですから。大目に見てあげてください」

「そうなの？」

「詳しい事情は聞かされていないので分かりませんけど」

「軟禁状態ね。ご家族から虐げられていたのかしら」

「そういう気配はしませんでしたね。むしろ過度に大切にされているという印象を受けました。先生自身とにかく育ちが良いというか、どうにも浮世離れしていますし」

「育ちが良いというのなら、春彦もそうじゃないの？　歳の割に落ち着いているわ。考え方も大人びているもの」

「子供らしくないと気味悪がられることの方が多かったですよ」

「……確かに悪だくみをしていそうな雰囲気はあるわね」

酷い言いようだ。計算高いのは自分でも認めるが、悪だくみなんて普段はしていない。それに善悪の基準なんて曖昧なものだ。

「千代さんはどんな子供だったのですか？　それこそ言葉も訛っていませんし、教養があるように思います」

それこそ良家の娘と言われてもおかしくはない。

「それにあなたの手はとても綺麗だ。水仕事で荒れた様子もないし、爪の間に土が入っていたりもしない」

「そんなところばかり見ていたの？　助手も変人なのね。婦女子の指をじろじろと盗み見るなんて」

変人呼ばわりされて、僕は酷く動揺した。香月の同類だと思われたのが何よりも辛い。

「ぐっ」

「嘘よ。観察眼が鋭いのね。探偵になったら？　きっと繁盛するわ」

「遠慮します。僕は平凡に生きていきたいので」

呆れたように千代さんが溜息を吐いた。

「平凡で当たり前の生き方をするのが、何よりも難しいのよ。どんな人の人生も山あり谷あり。良いことも辛いことも、代わりばんこにやってくるの。――うちの場合、お父さまが事業に失敗して東京から逃げるように九州へやってきた時が谷の始まりだった」

「東京にいらしたのですか」

「そう。まだ随分と小さかったけれどね。それでもお母さまは私たち姉妹が方言に染まらないよう、家の中では訛りにうるさかった。九州の田舎の出身なのに、東京でお父さまに見初められて結婚した誇りがあったのね。でも、誇りなんかでご飯は食べていけない。なんのツテもなく、お父さまが望むような仕事なんて見つからなかった。すぐに困窮するようになって、二人が病気にかかった時もお医者様を呼ぶことさえ出来なかったわ」

意地など張らずに初めからお婆様を頼ればよかったのにね、と千代さんは笑う。

「両親を亡くした私たちは借金の形に銘酒屋（めいしゅや）に売られることになった。そんな中、母方の祖母が私たちに言ったの。巫女の素質があるって。そうしたら私たちを見た師匠が借金を返済してくれたの。代わりに私たちは巫女になる修行を積むようになって、熊本をあちこち師匠に連れられて回ったわ。――春彦は熊本に行ったことはある？」

「いいえ。機会がなかったので、まだ一度も」

「きっと、びっくりするわ。阿蘇の大自然を目の当たりにしたら誰だって言葉を失う。草千里と言ってね、青々とした草木がどこまでも広がっているの。透き通るような清水が滾々と湧き出ていて、本当に美しかった」

　東京で良い生活をしていた子女が、歩き巫女の生活をするのは辛いことだっただろう。修行だって逃げ出したくなるほど過酷だった筈だ。それでも銘酒屋で娼婦をするよりはずっとよかったのだろう。郭は苦海だということくらい、子供の僕だって知っている。

「私はまだ幼かったから良かったけど、八重姉さんは辛かったと思うわ。東京にお友だちも沢山いたから。きちんとお別れも言えないまま、学校にも満足に通わせて貰えなかった。去年、祖母も師匠も立て続けに死んでしまって、いよいよ後ろ盾も何もなくなってしまってね。だからね、姉さんと決めたの。博多に行こうって。景気が良いから沢山稼いで、それから学校に入るつもりだった」

　僕は言葉が見つからなかった。親の金で学校へ通わせて貰っている自分には、千代さんにかけられる言葉を持ち合わせていない。

「なによ、辛気くさい顔をして。笑いなさいよ」

　鼻をつまんで、ぐいぐいと誤魔化すように引っ張られた。

「笑えないですよ。こんなの」

「馬鹿ね。笑い飛ばすしかないじゃない。誰だって色んなものを背負って生きているのだから。悲嘆に暮れていても置いて行かれるだけだわ」

「置いて行かれる？」

「時間は待ってくれないもの。時代もぐんぐん進んでいく。項垂れて足を止めていたら、過去にしか居場所がなくなってしまう」

すっ、と離れて千代さんは微笑む。この人は本当に強い女性だ、と僕は心底そう思った。世の中ではとかく女性は貞淑であれ、か弱くあれと言うけれども、生き物としての魂の強さは僕ら男よりもよほど肝が据わっているように思う。少なくとも僕は千代さんに比べたら、まだまだか弱いと言わざるを得ない。

「千代さんならきっと、立派な女学生になれますよ」

「ありがとう。春彦もいつか背丈がうんと伸びるわ。保証する」

「……本当ですか？」

「ええ。ほら、春彦の足は背丈に比べてうんと大きいでしょう？　靴を履いていないからすぐに分かったわ。こういう人はね、大人になると背が伸びるの。大きくなる身体を支える為に足が大きいのよ。師匠が言っていたから間違いないわ」

どうしてだろうか。千代さんの言葉には兄のそれのように僕を納得させる不思議な力があるようだった。

「巫女の予知というものですか？」

「いいえ。夕川千代の予言よ」

なるほど。それなら僕も信じることができるかもしれない。

二

お世話になったみゆきさんに御礼を述べてから、僕たちは屋敷を後にした。

「またいつでもお越しください。お待ちしております」

最後まで紳士然とした方で、千代さんはすっかり虜になってしまったようだった。

「さて、では箱崎へ戻るとしよう」

「筥崎宮で神降ろしをするつもりですか？」

そのつもりだ、と香月は平然と言う。筥崎宮は福岡を代表する屈指の大神社だ。神降ろしに使うので貸してください、と言って使えるような場所ではない。

「もう話は先方に通してある。先に葦津の屋敷で千代さんに支度をして貰う。私と春彦も身を清めなければな」

千代さんが怪訝そうな顔を僕へ向け、耳元に口を近づける。

「葦津家って筥崎宮の社家よ」

「社家？」

「代々神主を輩出している家のことよ」

そんなことも知らないの、と言外に責められてしまった。

「そんな家と話をつけられるだなんて。いったい何者なの、この人」

「さぁ。得体が知れない作家ですから」

僕たちが怪訝そうに話をしている間も、香月は一人で長々と蘊蓄を披露していた。

「とりあえず電車で箱崎まで戻りましょう」

天神町の電停まで行くと、同行の学生を数名見かけたので少しだけ気まずい。友人知人がいなかったのは僥倖だった。正一君のような真面目な生徒に見つかっていたら、きっと無理矢理にでも連れて行かれる所だ。

「先生。ちょっと匿ってください」

香月の背後へ身を隠す。こういう時は身体が小さいのも役に立つ。

「春彦。何も隠れるようなことはしていないのだから、堂々としていなさい。校長の許可は取ってある」

「それとこれとは別です。無駄な摩擦を起こさない為ですよ」

「しかし」

「ああもう、じっとしていてください。隠れられないでしょうが」

そうこうしている内に電車がやってきて、乗客が降りるのを待ってからそそくさと電車に乗り込んだ。後から後から乗客が詰めてくる中、どうにか千代さんだけは座席に座らせることが出来たが、僕と香月は満員の電車の中で身動き一つできなくなってしまった。

「なんてことだ。春彦、まるで身動きが出来ないぞ。これは想定してある定員を大きく上回っているると思わないか？」

「静かにしてください。皆、分かっていて我慢しているんですから」

「会社へ行く為に毎朝こんな苦行に耐えなければならないのか。朝から晩まで働いて御国に尽くしている。実に立派なことだな。私にはとても耐えられそうにない」

本人にその気はないのだろうが、香月の言葉に車内がにわかに殺気だっていくのを感じた。そもそも話をしているのが香月だけなので、どうしようもなく目立ってしまう。

「先生。お願いしますから少し黙っていて貰えませんか？」

「何故だ。電車の中で私語は禁止されている訳ではないだろう。つい先程まで奥で女学生たちが、初恋について云々と持論を語りむぐ」

思わず口を手で塞ぐ。車両の後部を見ることが出来ない。

「……ご存知ないと思いますが、電車ではなるべく声は小さくするのがマナーというものです。黙っていてください」

「なるほど。マナーか」

車内中から声なき賞賛が聞こえたのは僕の気のせいではないだろう。皆、仕事に行くのが憂鬱でない筈がない。好き好んで労働をするのは、一部の物好きだけだ。大人だって賃金を得なければならないから、止むなく働いているに過ぎない。

誰だって貴方のように生きられたなら、という言葉は呑みこむことにした。

香月には、香月だけの事情がある。それを知らないまま無責任なことを言うのは躊躇われた。

電車が吉塚の東公園の電停に着く頃になって、ようやく座席に座ることが出来た。

「足が棒のようになってしまった。足裏が痛む」

「どれだけひ弱なんですか。吊り革に掴まって立っていただけなのに」

「私は普段からそんな鍛錬はしていないんだ。一緒にされては困る」

堂々と胸を張って言うようなことじゃない。もっとあちこちへ連れ出して多少なりとも身体を鍛えた方がいいだろう。

「ねぇ、香月先生。本当に私が筥崎宮で託宣をするの？　他の場所でもいいじゃない。私、そんな立派な場所でなくてもできるわ」

「どうした。今更、怖じ気づいたのか？」

「そうではないけれど。あんな由緒のある神社でやるなんて少し後ろめたくて」

「何故だ？　君は歩き巫女だろう。何を恥じることがある」

「……私は由緒正しい巫女じゃないわ。資格がないもの」

「ふむ。少し説明しておこう。まず君に巫女の資格がないというのは完全な誤りだ。女性であれば誰であれ、巫女としての資格を持つ。宮仕えの巫女もいれば、口寄せを行いながら各地を放浪する巫女もいる。だが、これらは元々同一のものだ。貴賤などない」

「どういうことです？」

「古代においては家の女性たちが巫女の役割を果たしていたのだろう。新しい生命を誕生させるという霊的な力を持ち、神と交信する力があると信じられてきた。或いは神と同一視されたんだ。そうだな。例えば玉依姫を祀る神社は日本各地に多い。だが、この玉依姫というのは私が思うに固有名詞ではない。特定の神を示す言葉ではないんだ」

玉依姫なら僕でも知っている神だ。というか、大日本帝国の臣民ならば誰もが知っていて然るべきだろう。初代天皇であらせられる神武天皇の母君が玉依姫だ。――それを香月は平然と固有名詞ではない、という。

「玉依姫というのは、呼んで字の如く『御霊が依り憑く姫』という意味だ。巫女の総称と考える方が自然だろう。――家柄など関係ない。女性というものはすべからく、女神の末裔であると私は思う」

香月は自分の講釈に一人で満足そうに頷きながら、教鞭を振るう教師のように話を続ける。

「おまけに筥崎宮は八幡神である応神天皇を祀っている。つまりは戦勝の神だ。今の私たちにとってこれ以上の御神徳はない」

「意外だわ。私、作家さんって神仏の類なんて信じないものだと思っていたの」

千代さんの言葉に僕も頷かずにはいられなかった。傍若無人な変人の癖に、妙に信心深い所がある。

「心外だな。私は神秘的なものはなんであれ、そうしたものはあるかもしれないと信じている。何故なら、その方が面白いからだ。明治期に囁かれた義経がモンゴルでチンギスハンになったという説然り、豊臣秀頼が薩摩へ密かに逃れたという説も然りだろう。その方が悲劇的な死を迎えたというよりもずっと面白いではないか」

「でも歴史的な事実としては、どうなのかしら」

千代さんの言葉に香月はどこか寂しげな笑みを浮かべた。

「……たしかに人々の願望から生まれた与太話かも知れないが、それでも中には真実が混じっているかも知れないだろう。真実か、嘘かなどは些細な問題だ。誰かが救われ、人々から尊ばれることの方がよほど重要だろう」

その考えは僕にも理解できる。僕のような出来損ないは、正しさを物差しにされては生きていくことさえ本来は赦されなかったのだから。

「千代さん。君は誰に憚ることのない立派な巫女だ。目的を忘れてはいけない。君のお姉さんを止められるかどうかは、偏(ひとえ)に君の託宣にかかっている」

見つけられなければ今夜もまた人が死ぬだろう。八重さんは罪を重ね、人から遠ざかる。その凶行を止められるとしたら、日の出ているうちに彼女を見つけなければならない。

「そうね。怖じ気づいている場合ではないわ」

千代さんはそう言った後、思い出したように「あっ」と声をあげた。

「どうしたんです？」

「いけない。考えてみたら外法箱(げほうばこ)がないわ。一度、香椎の家へ取りに戻らないと」

歩き巫女が持つという外法の源を秘匿する箱のことだ。香椎宮で見かけた、あの箱を確かに千代さんは持っていない。考えてみれば、普段から持ち歩いている筈がなかった。

「先生。どうしますか？　千代さんに一度、取りに帰って貰いますか？」

「何故だ？　必要ないだろう」

皆目分からない、といった様子で首を傾げている。

「でも、あれがないと何も出来ないんです」

千代さんの言葉に香月は顔を顰めた。出来の悪い生徒を見つけたときの教師もよくこんな顔をする。

「君は少し誤解しているようだな。私が思うに歩き巫女が外法箱を持ち歩いているのは、宮仕えの巫女のように拝殿という『場』の力を借りることが出来ないからだ。古来、この国において神というものは基本的に臨時に招請（しょうせい）するものだ。祝詞を奏上し、地上へ降りてきて貰わなければならない。だが、そのままでは力は霧散してしまう。その為に空間を注連縄（しめなわ）で囲み、神籬（ひもろぎ）を用意し、神聖な場所とする。そうして榊（さかき）で囲い、神座とした場所を後に神社と呼ぶようになったのだよ。歩き巫女の箱は小さな空間の中を神社と見立てて、中の呪具を神籬とし、神を降ろすのだろう。故に筥崎宮や香椎宮のような神社で行うのなら、外法箱は必要としない。神社は常に神を降ろす『場』として機能しているのだから」

相変わらず長い蘊蓄を聞かされたが、とにかく今回は外法箱を必要としないらしい。

「ねぇ、先生。どうしてそんなに私たち巫女のことについて詳しいの？」

「誤解を招くような言い方は止してくれ。古代神道についてそれなりの教えを受けたことがあるだけだ。それに作家というのは常に新しい知識を求める。君にこうして協力しているのも作品作りの為に過ぎない」

「人助けって訳じゃないのね」

「当然だ。のべつ幕なしに救いの手を差し伸べようと思うほど私は狂人ではないよ」

「いいのよ。その方が信用できるもの」

やがて終点の箱崎に電車が停車すると、ぞろぞろと乗客が降りていく。香月は特に急ぐでもなく、他の乗客が全て降りてしまってからようやく重い腰をあげた。

「尻が痛い。座席が固くていけない」

「文句ばかり言わないでください。座れただけマシでしょう」

香月は腰を摩りながら、三人分の運賃を払ってくれた。

「お支払いします」

電停に降りてから財布を取り出そうとする千代さんの手を香月が止める。

「必要ない。君を此処へ招いたのは私だ」

「でも」

「作家、香月蓮は金に困ってなどいない。金持ちの道楽に付き合っていると思いなさい。それに今、君が気にするべきは八重さんのことだけだ」

電停を降りた目の前に、筥崎宮浜の参道風景が見える。白砂青松とはこのことだろう。石の鳥居の向こうに見える青い海が陽光を弾いて眩い。

「私がまだ子供の頃、この白浜は足袋で歩いても少しも黒く汚れることがなかった。だが、今は参拝客も増えてすっかり汚れてしまった。——失われてしまった光景は二度と戻ることがない」

「仕方がありませんよ。これからどんどん人が増えて、少しずつ博多の街も変わっていきます。でも、それは僕も先生も同じじゃないですか。変わらないものなんてありませんよ」

香月は僕の言葉に不意を突かれたように驚いた顔をした後、急に吹き出すように笑い始めた。

「ふっ。それもそうだな。時代の流れなんてものは止めようと思って止められるようなものではない、か。なるほど、これは未練だな」

それから僕たちは身を清める為に、まず葦津家へと向かった。

「お帰りなさいませ。お待ち申し上げておりました」

琴子さんは準備万端で僕たちを待ち構えており、千代さんは早々に風呂場へと連れて行かれてしまった。

「僕たちはこの後ですね」

「何を言っている。私たちは庭で事足りるだろう」

「え」

身を清めるというのは風呂に入ることではないのだろうか。

「庭の井戸で水垢離(みずごり)をするんだ。替えの下着は用意してある筈だ」

冗談だろう、と笑いたかったが、香月は廊下をずんずんと進んでいくと、やがて座敷の一つへ入り、あっという間に服を脱ぎ捨てて下着一枚になると、縁側への障子をあけて裸足で庭へ降りていってしまった。

「ほら、急ぎなさい」

「……はい」

観念して下着姿になってから縁側へ出ると、そこには手拭いと替えの下着が二名分しっかりと用意されていた。琴子さんは仕事のできる女性だということがよく分かる。

「庭は異界へと通じると古来から信じられてきた。例えば平安時代、小野篁(おののたかむら)は夜な夜な」

「蘊蓄はいいんで、さっさと終わらせましょう」

滑車にかかった桶を井戸へ落とし、水を汲み上げてみると凍えるほど冷たい。当然だ。日差しが暖かい日があるとはいえ、まだ暦は三月になったばかりだ。

「水垢離に作法とかあるんですか？」

「色々と説明したいことはあるが、かいつまんで言うのなら肩から浴びなさい。左右から被って、最後に頭から被る。ちなみに念仏は必要ない」

「はいはい」

桶を手にほんの少しだけ躊躇したが、事ここに至ってはどうしようもない。

えいや、と水を被るとあまりの冷たさに絶句する。いや、喉から出てくる悲鳴が高音すぎて声にならない。

「あと二回だ」

無慈悲な言葉を浴びせられ、冷水をさらに二度被った。最後の一度は頭から被らねばならず、文字通り頭から爪先までくまなく清められた筈だ。

急いで縁側の手拭いで水を拭き取っていく。足踏みしていなければとても耐えられない。下着を履き替えると、渇いた下着が少しだけ温かかった。

「もっと丁寧にやりなさい」

香月はそう言うだけのことはあって、確かに実に美しい堂々とした所作で水垢離をしていた。筋骨隆々とはお世辞にも言えない、細い体つきをしているが、それなりに筋肉はあるようだ。

「えらく慣れていますね」

「毎朝の日課だ。物心がついた頃からずっと欠かしたことがなかった」

香月も下着を着替えると、足を拭いてから縁側へ戻る。座敷には誰かがやってきてくれたのか、衣服が綺麗に畳まれていた。

「本来はお前の着替えもあると良かったんだが、仕方がない。制服を着ておきなさい」

「分かりました」

着替え終えてから廊下へ出ると、同じように水垢離を済ませた千代さんが待っていた。琴子さんのを借りたのか、朝とは違う着物に着替えていた。

「準備が整ってございます」

「ご苦労。では、急ごうか」

僕と千代さんは琴子さんに礼を言ってから、葦津家を後にした。

冷水を頭から被ったというのに、何故かいつもよりも身体が温かく感じられた。

海から真っ直ぐに延びる参道へ合流し、一之鳥居を潜る。その奥には荘厳な作りの楼門が見えた。

手水舎で手口を清めてから、改めて楼門へ視線を投げると重厚な威容に圧倒された。

「近くで見てみると、本当に大きいですね」

今まで一之鳥居の向こうからなんとなしに眺めていたが、まるで迫力が違う。

「文禄年間に作られた三間一戸入母屋造の楼門だ。正面に『敵国降伏』と書かれた扁額が見えるだろう。あの文字は亀山上皇の宸筆を拡大したものらしい」

「亀山上皇って。蒙古が襲来してきた頃の話ですか」

「そうだ。残念ながら当時の社殿は蒙古襲来の際に焼失してしまったがな。騒乱で何度も造り変えられている」

詳しく説明する香月はいつもの蘊蓄を披露している時よりも何処か自慢げに見えた。

楼門を抜けると、立派な本殿と拝殿が目に飛び込んでくる。しかし、それよりも僕が気になったのは拝殿の柱の脇に並ぶ壮年の男達だった。全員が装束に身を包み、紫色の袴に白い紋が描かれている。

「お待ち申し上げておりました」

真ん中に立つ、一際厳しい顔をした男が恭しく香月へ深々と叩頭するのを見て、僕と千代さんは仰天せずにはいられなかった。筥崎宮のような大神社の人間が、香月にどうして頭を下げるのか、まるで見当がつかない。

「急な申し出にも拘らず対応して頂き、感謝申し上げる。準備の方はどうでしょう」

「滞りなく。此処は衆目がございますので、どうぞ此方へ」

恭しく案内される香月の数歩後をついていきながら、どうしようもなく僕は混乱していた。香月蓮という男は一体何者なのか。有名な作家というだけでは、この対応は到底説明できない。

「春彦。もしかして香月先生って華族の方なの？」

「知りませんよ。僕だって助手になってまだ間もないんですから。生まれも育ちも殆ど聞かされていません。箱入り息子だったことくらいしか知らないんです」

只者ではないというのは分かっていたことだが、これは僕が思っていたよりもずっと規模の大きな話なのかも知れない。

「この人たちはただの神職ではないわ。袴の色で上下が分けてあるの。紫は一番高貴なものよ。模様の色にも区別があった筈」

「なら、あの先頭で先生を先導しているのは」

「神主の方でしょうね。一人だけ明らかに雰囲気が他の人と違うもの。ああもう、また緊張してきたじゃない」

「あの人はやると決めたなら力を惜しまないようですから。僕らも相応の覚悟が必要になりますね」

「追い詰めないで。苦手なのよ、こういう堅苦しいのは」

「そうですか。それなら他の巫女に任せますか？」

むっ、としたように千代さんが僕を睨みつけて、頬をぐいと抓る。

「いたた」

「馬鹿にしないで。他人任せにするわけがないでしょう」

ぱっ、と手を離してから千代さんは唇を強く噛んだ。

「姉さんは私が見つける。これ以上、罪を重ねさせる訳にはいかない」

「そうだ。一つ疑問に思っていたんです。そもそもお姉さんはどうして住吉にいたんでしょうね」

「分からないわ。ただ姉さんは何か悩みを抱えているような節があったから、誰かに相談しに行っていたのかも」

「悩み？」

「そう。でも、私には教えてくれないの。いつも大丈夫って誤魔化すように笑って。心配もさせてくれない。たった二人きりの姉妹なのだから、もっと頼って欲しいと思うのに」

その気持ちはよく分かる。兄も僕に弱音を吐くことは殆どない。困っていても、なんでもないように振る舞うことが多かった。

「もう子供じゃないのだから、守ってくれずとも構わないのに」

「そうですね」

案内されたのは儀式殿と看板のかかった建物で、かなり古い建築のようだが隅々まで磨き抜かれて中の廊下などは美しい飴色をしていた。見るからに上質そうな赤い絨毯が奥まで真っ直ぐに伸びている。

「どうぞ。靴を脱いでそのまま奥へ」

廊下の奥へと進んでいく。左右には美しい山水画の描かれた襖があり、その一つの前に巫女装束の女性が数名、恭しく頭を下げて正座をしているのが見えた。

「夕川千代殿」

神主らしき男性に呼ばれて、千代さんが前へ出た。

「この者達が御用意のお手伝いを致します。どうぞ、ご準備を」

「分かりました。お心遣いに感謝します」

深々と頭を下げてから、巫女たちと共に襖の奥へと姿を消してしまった。

それからまた暫く進み、一つの座敷へと足を踏み入れる。やけに大きな座敷には衣紋掛けが幾つかあり、それぞれに装束がかけられていた。

男性が襖を閉めて、それから細く息を吐いた。

「香月殿。唐突に今回のようなことを言い出されましても困ります。貴方はいつも突拍子もないのですから、自重して頂かないと周囲に示しがつきません」

先程までの厳しい顔から、心底困ったように眉根を寄せた顔になった。纏っていた空気も一変している。

「いや、申し訳ない。事態が急を要したものですから」

「それは電話で伺いましたが、本当なのですか。昨今、博多界隈を騒がせている化物騒ぎを止める為というのは」

「ご存知でしたか」

「我々の間でも騒ぎになっております。年末に京都の陰陽師を呼び寄せて事態の収拾を計った神社がありましたが、返り討ちにあったとか。生半な相手ではありません。遭遇すればまず命はない」

「誓って真実です。この眼で目の当たりにしました。ここにいる助手も証人です」

じろり、と視線がこちらへ向く。

「助手？　弟子ではなく？」

「ええ。あくまで私の手伝いを頼んでいるのです。私の教えを乞うている訳ではありません。なかなか見所があります」

「ふむ。その制服は修猷館の学生ですか。随分と優秀でいらっしゃるようだ」

「いえ、そんなことは」

「こう見えて賢しらで口が立つのですよ。連れて歩いて飽きることがない」

「そうですか。それは良い弟分を手に入れましたな。——ご紹介が遅れました。当宮の宮司をしております。葦津専造と申す」

筥崎宮という名の知れた神社の宮司を前にして、思わず背筋が伸びる。

「瀬戸春彦と申します。福岡県立中学修猷館の学生をしております」

「春彦。専造殿は君の先輩だ」

「え？」

「明治二十四年の卒業生です。いやはや、懐かしいですな。学生時代を思い出します。それにしても香月殿の助手が私の後輩とは縁を感じますな」

「専造殿にも目をかけて頂けると助かります。ご覧の通り、少し事情がありまして」

「そのようですな。だが、瞳の奥に宿る輝きは見事なものです。今から将来が楽しみだ。春彦君、困ったことがあれば何でも言いなさい。出来うる限り力となろう」

「ありがとう、ございます」

途轍もない方の知己を得てしまったように思う。父が知れば大喜びして飛び上がるか、或いは泡を吐いて卒倒するだろう。ただ正直に言ってしまえば、こんな身分の方に助けを求めねばならない事態に、そもそも遭遇したくない。

「さて、早速取りかかりましょう。あまり悠長にしていられる時間はない。中祭の儀と致しますが、宜しいですか」

「ありがとうございます。充分に過ぎます」

「それでは二人ともこちらの斎服にお着替えください。すぐに手伝いを呼びましょう」

「何から何まで痛み入ります」

「何を仰るのですか。――当然のことです」

一礼してから襖を開けて出て行ったのを見届けて、僕は思わず制帽を香月へ投げつけていた。

「……痛いぞ。何をするんだ」

「すいません。むしゃくしゃして投げました」

「不機嫌になる理由があったか？」

「ありますよ。こっちは何が何やら分かりません。いきなり連れて来られたと思ったら神主の方が出てきて、あんなに恭しく扱われて。なんなんですか、アンタ」

僕の投げやりな呼び方に、香月は腹を立てるどころか嬉しそうに笑う。

「その驚く顔が見たかったんだ。春彦も権威には弱いのだな」

「誰だって驚くでしょうよ、あんなの。ああもう、口汚くなってしまった」

「普段からそれくらい砕けた言葉遣いでも私は構わない」

「嫌ですよ。自分の立場くらい弁(わきま)えています」

失礼します、と襖の向こうで女性の声がした。

「どうぞ」

間髪入れずに香月が返事をすると、若い巫女装束の女性が四人するすると音もなく入ってくる。

「お着替えのお手伝いをさせて頂きます」

「ええ。頼みます」

平然と香月は言って涼しい顔をして両手を左右に広げているが、庶民の僕はそうはいかない。女の人に脱がされるなんて恥ずかしくて堪らなかった。

「いや、いいです。僕は自分で着替えられますから」

「斎服は中祭に用いられる服です。慣れていらっしゃらない方では崩れてしまいます」

「いえ、でも」

「両手は上げて、楽になさっていてください」

有無を言わさずにそう言うと、外套を剥ぎ取られてしまった。

そうして二人がかりで服を脱がされ、着替えさせられていく。こんなこと、とてもクラスメイトには話せない。十四にもなって女性に着替えを手伝って貰ったなどと知られたら、軟弱者だと笑いものにされてしまう。

「……なんだか白いものばかりなんですね」

「斎服とはそういうものです。身分に関係なく、単や袴も白で統一されます」

手を動かすのは止めないまま、口だけ動かす様子は熟練の技を感じさせた。

やがて衣服を着替え終わり、最後に冠を被る。冠の後ろにはひらひらとした尾のようなものが付いていていた。

「これは？」

「纓という。飾りのようなものだ」

僕の問いに答えたのは香月だった。既に着替え終わったようで、立ち姿は妙に様になっている。

顎紐を結び、裾を整えて貰って着替えは終わったらしい。

「整いましてございます」

「ありがとうございました」

巫女さんたちは深々と頭を下げてから、襖を開けてあっという間に出て行ってしまった。改めて自分の姿を見てみると、とても一人では着替えられなかっただろう。

「ふむ。似合わんな。背が低いせいか？」

「人が気にしていることをズケズケと。そちらはえらく様になっていますね」

「当然だ。うんざりするほど着てきたからな」

心底嫌そうに言う。こんな服を着る機会など、普通の家の人間はまずあり得ない。

「その辺りの事情は、まだ話しては頂けないのですね」

「まずは事件を解決してからだろう。それに私にも心の準備というものがある」

「そうですか。――それよりもどうして僕まで着替えなきゃならないんです？　どうせ僕は見ているだけなのに」

「香椎宮で話しただろう。正式な手順を踏んだ神降ろしには、依り代となる巫女の他に二人の人間が必要だ。神に問う神官、それから音を鳴らす楽人だ」

「待ってください。専造様が神官でしょう？　先生が楽人をするんじゃないのですか？　精度を上げるために全て完璧に揃えると言ったのはあなたですよ？」

「そうだ。だから、より近しい人間がするのは当然だろう？　神官は私、春彦は楽人を務める。これは私たちの事件なのだから」

唐突な事態に言葉を失う。なんと答えればいいのか分からない。

「あえて今まで黙っていたでしょう」

「当然だ。先に話していたなら折を見て逃げ出していただろう？」

「……当たり前ですよ」

「栄誉あることだぞ。貴重な経験だ」

どうして静かに生きていきたいという僕の気持ちが、この男には分からないのか。こちらの思惑に反してどんどん事態が大きくなっていく。

「だいたいどうして巫女と神官だけじゃ駄目なんです。楽人なんて必要ですか？」

「琴や笛の音色は神懸かりとなる為には必要な要素だ。歩き巫女は弓の音色がそれに当たる。あれらの音というのは調律の役割があるんだ」

「調律？」

「そう。神霊の類いが視えない者でも、視えるようにする為だ。おそらく同じ音を聞いた者の魂を揃えるのだろう」

「よく分かりません。音楽は音楽でしょう」

「素晴らしい歌や曲を聴けば心が震えるだろう？」

「確かにそういう経験はありますが」

「音に乗った呪（しゅ）は言葉によらず、心を震わせて一つにすることができる。ちはやぶると言うだろう。だが、楽人にはもう一つの役割がある。証人が必要だからだ。千代さんも言っていただろう。神懸かりになっている時の言葉は覚えていない、と。神官が虚偽の内容を話すことができないよう、楽人は証人として立ち会ったのだと私は思う」

香月はなんとしても僕を儀式に参加させるつもりなのだ。

「実際、古事記にも記載がある。香椎宮には先日行っただろう」

「敷地の外まででしたけどね」

せめて拝殿と本殿くらいは目にしておきたかった。

「かつて仲哀天皇が神功皇后と共に香椎宮で熊襲を討つかどうか悩んでいた時に、神託を得ようと神功皇后が神懸かりとなった。このときは楽人を天皇が行い、問いかける神官の役割は建内宿禰が担ったという。神託の内容については省略するが、天皇は神託の内容を信じなかった。偽りの神だと怒って琴を演奏するのを止めた。神は怒り、『この国は汝が治めるべき国ではない。汝は一本の道を行け』と託宣した。建内宿禰は演奏を止めないように何度も進言したが、天皇は真剣に琴を弾こうとはしなかった。すると琴の音が聞こえなくなり、火を点してみると既に亡くなっていたという」

絶句する。この男はどうして人が儀式に対して怖がっている時に、こんな話をするのだろうか。馬鹿ではあるまいか。

「……危険な役割じゃないですか。適当に弾いたら殺されるのでしょう?」

時の天皇陛下でさえ容赦なく命を奪われたのだ。僕のような庶民など幾ら命があっても足りない。

「なに、真剣に弾けば問題はない」

「交代しましょう。建内宿禰の役割を僕がします。お姉さんの居場所を訊けばいいんですよね。アンタは琴でも笛でも演奏してください」

「それは無理だな。何故なら私は楽器が弾けない」

「僕だって妹のついでに習っていただけですよ」

「調べは教えて貰える。単調なものでいい筈だ」

この期に及んで揉めていると、外から声をかけられた。

「香月殿。準備が整いました」

襖が開いて顔を出した専造様と視線がぶつかる。

「どうにも丈が長いな」

「不敬になりますか」

「なに、構いますまい。跳んだり駆けたりする訳でなし。さて、楽人はどちらが？」

「春彦がやります」

間髪入れずにそう言われては嫌とは言えない。

「春彦殿は琴を弾いた経験は？」

「妹が教わるついでに少しだけ弾いたことがあります」

「それならば充分でしょう。大切なのは心を込めて弾くことです。緩慢に弾くような真似さえしなければ、腕の善し悪しは関係ありません」

僕はどうにか弁明しようとしたが、今更じたばたしても仕方がない。

「分かりました。可能な限りやってみようと思います」

「楽譜はこちらです。どうですかな？」

渡された紙を広げて内容に目を通す。確かに同じ旋律の繰り返しでそれほど難しいようには見えなかった。

「これならば問題はないかと思います」

「どうか神前であることを忘れず、畏れ敬うことを念頭に置いてください。それから儀式の最中は決して演奏を止めないように。機嫌を損ねてしまうと大事となりますぞ」

「ええ。先生から具体的な話を聞いたので、それについては大丈夫です。——でも、先生の役割は神職の方でなくとも構わないのでしょうか。祝詞を読んだりしますよね」

香月には聞こえないよう、声を小さくして尋ねる。

「ええ。だからこそ香月殿であれば構わないでしょう」

「……そうですか」

どういう意味だろうか。随分と含みのある言い方のように思う。

「さぁ、参りましょうか」

問いかける間もない。練習の一つでもしたかったのだが、どうやらそんな猶予もないらしい。あれだけ単調なものならどうにかなるだろうか。

専造様に連れられて廊下をさらに進んでいく。突き当たりにある座敷の襖を開けると、中には祭壇らしきものが作られていて、その四方には竹竿が立てられている。それらの先に結ばれた注連縄が四隅を結び、中の空間と外を隔てていた。注連縄に吊るされた御幣が風もないのに、ゆらゆらと揺れている。

その傍に巫女の装束に身を包んだ千代さんが立っていた。

「白衣に緋袴、千早を羽織って腰には裳をつけているだろう。春彦、あの頭につけている飾りは天冠というものだ。千早は古代における貫頭衣の名残だ。特別な装束を身に纏うのは少しでも高位の存在たらしめるものだと私は考える。それから次に」

聞いてもいない香月の蘊蓄が耳に無理矢理飛び込んでくる。それはそうと、今日は手にしている弓が大きいことにも気がついた。

「此方は普段は使うことを許されない特別な座敷です。人払いも済ませておりますから、存分にどうぞ」

「お気遣いに感謝申し上げる」

香月に深々と頭を下げると、襖を開けて出ていってしまった。

「春彦。お前の琴は中にある。一礼をしてから中へ入るように」

頷いてから一礼し、注連縄の中へ恐る恐る足を踏み入れたが、特に変わったことは何もない。入った瞬間、何か起こるのではないかと思っていたので少し拍子抜けした。

注連縄の中の空間は広く、僕たち三人がこうして距離を置いて立っていても、まだ余裕がある。八畳くらいの広さだろうか。

「こんな立派な装束なんて初めてだわ。見て、この素敵な千早。草木の模様が美しいでしょう？」

「それは青摺（あおずり）という山藍（やまあい）を用いて描いたものだな。――懸念していたようだが、問題なく降ろせそうかね？」

　香月の問いに千代さんは力強く頷いてみせた。

「ありとあらゆる場所に神気が満ちていますから、いつでも準備は出来ています」

「よし。では、始めよう。三角となるように腰を下ろしてくれ」

　目の前の琴へ視線を下ろす。素人の僕でさえ、これが素晴らしい逸品であることが分かる。螺鈿細工の美しさだけでなく、琴全体から感じられる重厚感に圧倒されそうだ。

「春彦。顔色が悪いぞ」

「この状況で喜んでいられるのは先生くらいのものですよ」

　香月は緊張するどころか目を輝かせている。今なら分かる。この男はきっと最初からコレがしたかったのだ、と。

「……この性悪」

「ふふ、神前で吐く言葉ではないな」

「降ろすのはこれからでしょう。それに神様もきっと僕に同意してくれますよ」

　琴爪をつけてから深く息を吸う。畳のい草の匂いに混じって、古い木の匂いがした。今度は細く長く息を吐く。昔、兄に教えて貰った心を落ち着けるお呪い。

　爪で弦を弾く。懐かしい手触りだ。大丈夫、さんざん稽古をした、この指が琴をどう鳴らせばよいか覚えている。

教わった旋律を爪弾く。

千代さんが弓を鳴らす。

「――懸(か)けまくも畏(かしこ)き、天土(あめつち)の」

香月の祝詞が浪々と響き渡るが、とても内容に耳を傾けられる余裕などない。ただ懸命に旋律を繰り返すことだけに集中する。

次第にそれぞれの音の余韻が重なっていくにつれて、じわり、と何かが滲み出てくるような感覚があった。香椎宮の時とは違う。空気の濃度が何処までも澄んでいくように感じられた。真冬の早朝、肌を刺すような空気が注連縄の中に充ち満ちていく。

不思議と頭ではなく、感覚で理解することができた。

もう少しで、繋がる。

香月の祝詞が終わった瞬間、それは降りてきた。ハッとして天井を見上げても何も見えない。いや、目には映らない何かが今、確かに此処にいる。

御幣が激しく揺れたと思うと、千代さんの弓を鳴らす手が止まり、弓が音もなく床に転がった。表情が消え、唇を僅かに開いたまま固まり、瞼が閉じる。

「春彦。演奏を止めるな」

香月の張り詰めた声にハッとする。頷いて琴を弾き続けた。

やがて千代さんが瞼を開けると、その瞳が金色に輝いている。全身の毛が逆立つような恐怖にぶるりと震えた。

香月は深々と額を床に触れるほど叩頭し、それから毅然と顔をあげて目の前に一枚の紙を広げた。それは福岡市内を詳細に描いた地図だ。

「夕川八重の行方を教え、指し示し給え」

よくもこれの前で声が出せるものだ、と僕は心の底からそう思った。こんな恐ろしい何かを前に口を開くなんて真似は僕には出来ない。こうして旋律が狂わないよう琴を爪弾くだけで精一杯だ。

千代さんの目を見ることができない。あれは本来であれば触れてはいけない。剥き出しの何かで在るような気がしてならない。

香月の問いに対して、おもむろに千代さんが口を開く。

『――住吉村平田。仲野(なかの)、清二(せいじ)』

男と女が同時に話しているような声。低い音と高い音が重なって、到底人のものとは思えなかった。

「伏して御礼申し上げる」

香月が顔を上げ、僕の方を見た。その意図を汲んで、琴の演奏を止める。

音が途切れると同時に千代さんが瞼を閉じて、その場にゆっくりと身体を倒した。張り詰めていた空気が弛緩し、何かの力が何処かへと漏れ出ていくようだった。

「もう楽にしていい。託宣は終わった」

いつの間にか息を止めていたらしい。ようやく息を満足に吸うことができた。ふと気付くと、全身にぐっしょりと汗をかいていた。

「住吉村の平田と言っていたな」

「ええ。あと人名らしきものが。仲野清二でしたか」

「千代さんに確かめてみよう。案外、二人とは顔見知りかも知れない」

時間にしてみれば、それほど長い間でもなかった筈なのに酷く疲れてしまった。

「あれだけ気を張っていたら腹も空く。何か腹に入れるとしよう」

「そんな悠長にしている暇なんて、」

「春彦、どんな時も食事を疎かにしていてはいけない。私もよく琴子に叱られたものだ。いや、執筆に夢中になって寝食を忘れることは今もよくあるが」

兎にも角にも、手掛かりを得ることができた。僅かではあるが、これでまた一歩前進することができる。

三

あれから間もなく眼を覚ました千代さんに託宣の詳細を説明してみたが、住吉村の平田という場所にも、仲野清二という人物のことも聞き覚えがないという。

「姉さんに恋人がいたなんて話は訊いたことがない。もしかしたら、そういう人がいたのかもしれないけれど」

そう言って皿の上のぼた餅を頬張る。あんな小さな口で、よくも一口で食べられるものだと感心してしまう。

「それにしてもよく食べますね」

「出されたものは残さない主義なの。春彦が要らないのなら、そこの草餅も代わりに食べてあげる」

「食べますから横取りしようとしないでください。先生、食べないんですか」

着替え終わると、巫女さんが皿に団子や草餅などの菓子を載せて持ってきてくれた。馴染みの店があるようで、もっぱら此処のものを重宝しているという。

「私はもういい。二つも食べれば満腹だ」

渋い緑茶を飲みながら、香月は何やら地図と睨み合っている。

「どうかしましたか？」

「どうにも納得がいかない。ここ最近は住吉や新柳町の近くでばかり被害が出ている。何故重点的に警官を置かないんだ。せめて巡回なりともさせれば警戒する人間も増えるだろうのに」

「それは難しいでしょう」

「何故だ春彦」

「以前、父から聞きました。今の場所に遊郭を移す時、大変な騒動だったのでしょう？　場所が変わればお客さんの足は遠退いたでしょうね。そこで、ようやく客足が戻ってきた所で今度は警察が遊郭の辺りにこれ見よがしに立っていたら、また客足が遠退くのは目に見えてますよ。遊郭側からすれば迷惑でしかない」

「なるほど。遊郭から苦情を寄せられると困る警察関係者がいるということか」

「そこまでは言いませんけど。あの夜も交番へ行くまで警官の姿は見かけませんでしたから」

「倫太郎が歯噛みしていた理由はコレだな。だが、これは警察の手には負えない」

そうでしょうね、としか言いようがない。

「どうして遊郭の周辺に集中しているのか。何か理由がある筈だ」

「千代さん。新柳町の遊郭と何か関わりはありますか？」

「ないわ。生憎、私たちは身体を売ることなんてないもの」

「怒らないでください。念の為に訊いただけです」

千代さんがやってきて、僕を背中から押し潰すようにのしかかる。重い、なんて口にすればどんな目に遭うか分からない。

「こんなに詳細な地図があるのね。昨夜の場所はどの辺り？」

「そうだな。たいだい、この辺りだ」

千代さんは感心したように地図を僕の頭越しに見ていたが、途中で何かに気づいたように僕から離れた。

「ねぇ、この住吉の近くにある簑島って所なのだけれど。もしかしてイルマ殺しのあった場所？」

――イルマ殺しというのは大正六年に起きた強盗殺人事件だ。独逸(ドイツ)との戦争の折、捕虜となった独逸人将校の妻イルマが無残に殺され、その夫が後追い自殺をしてしまった。そのイルマが借りていたという家が簑島にある。借家といっても知事が隠居の為に建てさせた別邸というから、相当に豪華な建物だ。

「よく知っているな」

「新聞でも読んだわ。熊本でも随分と大きな話題になったのを覚えている。その時に師匠が教えてくれたの。『このすぐ傍の高畑という場所には呪具を売る女の人がいる』って」

不穏な響きの言葉に、思わず顔を顰める。

「なんですか、呪具というのは」

「字の如くよ。呪いに使う道具のこと」

千代さんはそう言うと、不意に顔を上げて大きく頷いた。

「きっと姉さんは、ここと何か関係があったのよ。だって遊郭なんかに近寄る理由はないもの」

「でも、一体、呪具となんの関係が？」

「……分からない。外法箱があれば事足りるんだもの」

「そういえば八重さんの外法箱は今どこに？」

「姉は私と違って肌身離さず持ち歩いていたから、今も姉の傍にある筈だわ」

これだけ様々なものを眼にしてきたのだから、今更そういうものがあっても驚きはしないが、どうにもあの箱のことが不気味で仕方がない。僕が傍で見たのは千代さんのものだけだが、素人目に見ても気味が悪かった。

「……あの箱の中身ってなんなんです？　それが諸悪の根源では？」

「無礼なことを言わないで。呪具には代わりないけど、暴走するような代物ではないわ。まぁ、それだけ強力なものでないのも確かだけれど」

「持ち主を呪うような物ではない、と？」

「ええ。それは保証するわ。私と姉の外法箱の中身は同じものだもの」

謎は深まるばかりだが、香月はどうやら違うらしい。一人だけ地図を覗き込みながら、なんとも言えない邪悪な笑みを浮かべていた。

「先生。悪人の顔をしていますよ」

「ん？　そうか。それはまずいな」

「何か閃いたんですか？」

「いや、ただ面白い、と思っただけだ」

「面白い？」

「失礼。今のは失言だった。そうではなくて私の描く作品であればこうするだろうな、と思ったものとは違う繋がりが出てくるとは想像していなかったんだ」

他人の不幸を目の前にしても創作を止められないというのは、作家の業なのだろう。

「とにかくまずは此処へ行ってみよう。小さな集落のようだから、すぐに見つけられる筈だ。そこで八重さんのことを訊いてみよう。仲野某の所へ訪ねるのはそれからだ」

香月は楽しげにそう言うと、小さな草餅を一つ頬張った。

食うのかよ。

◇

件の高畑には片手で数えるほどの民家しか建っておらず、その周囲は殆どが野っ原という有様だった。道を一本挟んだ向こう側の遊郭は、まだ昼間だというのにそこそこに喧(かまびす)しい。琴や三味線の音が聞こえてくるのは、きっと稽古でもしているのだろう。

「立地が悪すぎますね。とても落ち着いて暮らせない」

「確かに住むには向かないだろうが、不幸な人間を捕まえる為の狩り場だとすれば、ここは絶好の場所だろう」

専門家でもないのに呪具を買い求めようという人間が幸せである筈がない。怨みや嫉妬、怨恨を晴らそうと呪具を求めるのだろう。

「ねぇ、此処じゃないかしら」

千代さんが指差したのは一軒の商店のようで、看板に漢方という文字が見えた。比較的新しい建物が目立つ中で、ここだけが群を抜いて古びている。

「巫女の勘は馬鹿に出来ないからな」

香月はそう言うと臆する様子もなく、店の奥へと入っていった。

店内は前半分が土間になっていて、奥が住居のようになっているようだが、肝心の店主の姿が見当たらない。

「こんにちは。どなたかいらっしゃいますか」

店の奥へ声をかけると、暫くして背の曲がった老婆が顔を出した。白い割烹着に身を包み、口にはマスクをつけている。スペイン風邪が流行してから暫くはよく市内でも見かけていたが、終息してから見るのは久しぶりだ。

「はいはい。どなた様？」

僕が頭を下げると、老婆は目元は笑ったままこちらを値踏みするように眺めた。

「偉くお若いようですけど」

「こちらは漢方薬を取り扱っていらっしゃるので？」

「ええ。そうですよ。遊郭にお越しの方がね、沢山いらっしゃるでしょう。ですから色んな薬をお出ししていますよ」

「実は少し小耳に挟んだのですが、呪具の類いも取り扱いなさっているとか」

老婆の顔から笑みが消え、冷えた瞳が僕たちを見ていた。

「さぁ、なんのことだか。冷やかしならもう帰っておくれ」

「……あなた、巫女でしょう？」

千代さんの言葉に老婆が凍りついたように固まってしまった。

「感じるの。そうでしょう？　昔、巫女をしていたんじゃない？」

「千代さん。どうしてそんなことが分かるんですか？」

「さぁ、どうしてかしら。言葉には出来ないわ。自分でも不思議だけど、何故か分かるの。きっと、同じ匂いがするからね。――そうでしょう？」

老婆は観念したのか、じっと千代さんの方を眩しそうに見つめた。

「……羨ましいねえ。まだ神様が降りてきてくださるほど穢れのない身体なんだね。いや、巫女ってのはそうでなくちゃいけない」

マスクを外して、割烹着を脱ぐと老婆は力なく笑った。

「参ったね。誤魔化して煙に巻いてやるつもりだったのに、神様に見られているような気分になるじゃないか。――上がりなさい。今日は店じまいだよ」

老婆はそう言って表の引戸を閉めてから布をかけて、本当に店を閉めてしまった。

「どうせ誰も来やしない。ほら、遠慮せずに上がんな」

店の奥は六畳ほどの広さで、小さな卓袱台があり、食器棚の上には女性が二人で並んだ写真が丁寧に飾られていた。

「警察もさんざんやってきて話を聞きたがったがね。官憲は嫌いだよ。あいつらは弱い人間の役にはちっとも立たないんだから。あんな連中に話すことは一言も持っちゃいない」

不機嫌そうに言いながら、布のように薄い座布団を人数分敷いていく。仏壇があるのか、何処からか線香の匂いが漂ってきていた。

「呪具が欲しい訳じゃないんだろう？」

「ええ。最近、巫女が此処へ来なかったかしら。年齢は二十歳、小柄で長い黒髪をしていて、それから」

「黒子がある美人だろう。違うかい？」

千代さんが息を呑んだのが分かった。ついに指先が届いたという実感があった。

「そう。姉です」

「名前は？」

「夕川、八重」

老婆は小さく頷きながら着物の袂から紙煙草を取り出すと、マッチを擦って火を点した。白い煙が線香のように真っ直ぐに立ち上っていく。

「――ああ、来たよ。もう半年も前のことさ。酷く切羽詰まった顔をしてね。助けてください、と私みたいな人でなしに頭を下げて頼むんだ。だから、あの子が必要とするものを売った。ただそれだけだよ」

「待った」

唐突にそう声をかけたのは香月だった。

「どうして急に話すつもりになったのか、教えて貰いたい」

「……なんだい、アンタは」

「小説家です。彼女の姉を共に探していますが分からないんです。煙に巻くつもりだったあなたが何故私たちを自宅にまで招いてくれたのか。千代さんが同じ巫女だからでしょうか」

「そうだね。今時珍しい穢れのない本物の巫女の前で嘘をつきたくなかったから。……いや、違うね。本当は、この子の姉に同情したからだよ」

「同情？」

「ああ。アンタが此処へやって来たということは、あの子は失敗したんだろう？　まさか、という予感はしていたんだ。最近、化物騒ぎでどこもかしこも震え上がっているからね。でも、自分で確かめるような真似は恐ろしくて出来やしなかった」

老婆はそう言うと、煙草の煙を吸い込んでゆっくりとそれを吐いた。

「ゲホッ、ゲホゲホッ」

煙を吸ってしまった香月が激しく咳き込んだので、老婆が苦笑しながら灰皿に煙草を押し潰した。

「なんだい。いい歳をして煙草も吸わないのかい」

「肺が弱いもので。失礼した」

「なんだい。それを早く言いなよ」

老婆が立ち上がって窓を開け放つ。窓の向こうには背の高い草が生い茂る野原しか見えなかった。

「なんにもありゃしないだろう？　この辺りは遊郭の移転からようやく人の手が入るようになったんだ。それまでは何もない野っ原さ。知っているかい？　ここらでは夜になると娼婦が立つんだ。銘酒屋でも雇って貰えないような年増や醜女さ。そんな女たちを警官は躍起になって取り締まろうとするけど、酷な話さ。連中だって好きでそんなことをしているんじゃない。それしか稼ぐ手段がないんだ。端金で情も通わない男に抱かれたい女がいるかい」

中洲でも夜になれば娼婦が道端に立つ。僕はまだそういう世界のことなんて何一つ知らないけれど、きっとそれは沢山の女性の上に成り立っている地獄なのだろう。

「アンタの姉さんはね、外法箱に入れる中身を買い求めに来たんだよ。『箱を暴かれて中身を捨てられてしまった。代わりになる神様をください』ってね。自分にはもう本物の神様は降ろせないって泣いていたよ」

一瞬、僕はその言葉の意味が理解できなかった。――そしてその意味を理解して血の気が引いた。

畳を踏みつけるようにして立ち上がった千代さんが顔を真っ赤にして拳を握り締めていた。

万力の力を持って握られた拳の隙間から赤い血が球になって卓袱台の上に落ちる。

「千代さん、駄目だ。落ち着いて」

彼女の手を両手で必死に開こうとして、爪が手の甲に突き立った。ぶつり、と皮が破れる感触がして痛みと血があふれ出す。

「お姉さんを助けるんだろ！」

ハッとしたように千代さんの拳から急に力が抜けるのが分かった。唇を強く噛んで、今にも泣き出しそうな顔のままぐっと堪えている。

「怒るのも泣くのも話を聞き終わってからにしましょう」

頷いてから、自分を押さえつけるようにゆっくりと座布団の上に腰を下ろす。正直、千代さんの気持ちは痛いほどよく分かった。兄妹を傷つけられることほど辛いものはない。自分が傷つけられるよりも余程辛いのだ。

「……どんな呪具を彼女に渡したのですか」

私たちの様子を見て、香月が老婆へ問いかける。今の千代さんに話を聞き出せるだけの余裕などない。

「神に誓って言うけれど、私はあの子には嘘偽りは何一つ話しちゃいないよ。その呪具がどれだけ危険なものなのか。余すところなく凡て伝えたんだ。——その呪具の名は『太夫(だゆう)の左手』という」

「いかにも曰くがありそうな呪具ですね」

「博多港の傍、柳町に福岡藩御用達の遊郭があった頃、若くして亡くなる遊女が絶えなくてね。彼女たちは投げ込み寺と呼ばれる寺で葬式も出して貰えず、敷地の一角に深い穴を掘って埋められたんだ。そんな彼女たちの怨念を鎮めようとして、一人の下男が遊女たちを寺の穴へ投げ込む前に左手首を切り落として集めるようになった。大きな樽に手首を集めて、それを弔ってやろうとしたそうだよ。遺体の一部だけでも、柳町の外へいつか連れて行ってやりたいと願ったんだろうさ」

柳町といえば、僕の住んでいる呉服町から目と鼻の先だ。ちょうど大浜小学校がある辺りだろうか。

「左の手首ばかりを切って集めて、とうとう樽が一杯になった頃、蓋を閉めた樽から奇妙な音がするようになった。鋭い爪で樽の内側を掻く音がする。恐ろしくなった下男は寺に相談して荼毘に付そうとしたが、どれだけ薪をくべても一向に燃える気配がない。怨念が凝り固まって燃えぬというから、坊主たちが読経をしながら薪をくべると、とうとう樽は燃え上がったそうだ。——しかし、散々に焼いた灰の中から、傷一つない真っ白な女の左腕が出てきたんだ」

その様子を想像して、思わず背筋が粟立った。

「左腕？　焼かれたのは手首までしかなかったのでは？」

「ああ、そうさ。けれどね、見つかった腕はちょうど肘の下くらいの長さがあったんだ」

「まるで他の手首まで取り込んでしまったようだ」

「そうかも知れないね。——寺の坊主たちは今度こそ左腕を荼毘に付そうとしたが、返り討ちにあっちまった」

「返り討ち？」

「そう。なんでも視えない手に身体を握り潰されたとか。寺の住職まで殺されて当時は大変な騒ぎになったらしい。——そこから左腕の行方が分からなくなるんだが、この新柳への移転の際に郭の中から見つかったのさ。気味が悪い、と此処へ持ち込んだ男が件の下男の子孫だと言うんだから因果というのは計り知れないね」

まるで取り憑いていたみたいだ。

「……そんなものを姉に渡したの？」

「勿論、止めたさ。でも、まるで聞いちゃいなかった。曰くを聞いた上で『これでなくちゃいけない』と言ったんだよ。アンタの姉さんは」

「そんな呪具、使いこなせる筈がないわ」

「そうだろうね。私もそう思ったよ。でもね、今になってみればアンタの姉さんはそれも織り込み済みだったんじゃないかね。最初の内はどうにかなったかも知れない。だが、あんなものを何度も使えば頭がおかしくなる。無念の死を迎えた、何百人もの女の怨みを背負える筈がないんだからね」

どうして事件現場が香椎から遠ざかっていたのか、その理由が分かったような気がした。それは無意識にでも、八重さんが千代さんのいる場所から離れようとしていたのではないだろうか。

半年間、少しずつ意識を侵食されていきながらも、妹だけには男を襲う自分の姿を見られたくなかったのではないか、と僕は思った。

「なるほど。執拗に男ばかりを狙っていた理由が分かりました。いや、案外、自分に声をかけてきた男だけを殺していたのかも知れませんね」

香月が納得したように淡々と言う。

「そんなことまでは、あたしには分からないよ」

「姉さんは何処にいるのか知っている？」

千代さんの声には、まだ怒りが滲んでいた。

「いいや、知らないね。うちに来たのは一度きりさ。もう一度、来ていたら有無を言わさず取り上げてやるつもりでいたんだ」

「どういうこと？」

千代さんの言葉に老婆は顔を苦痛に歪ませた。

「あたしの中にも、男たちに復讐をしてやりたいって気持ちがあったのさ。あたしも男に乱暴をされて巫女を続けることが許されなかった女だからね。——あの子の怒りは嫌というほど分かるんだよ」

「……それでも、私は姉さんのことを止めて欲しかったわ」

千代さんはそう言うと立ち上がって、靴を履いて土間へ降りると、戸の鍵を外して表へと出て行ってしまった。

「春彦。追いかけてきなさい」

「分かりました」

老婆に一礼してから、千代さんの後を急いで追いかける。

店を出て左右に目を配ると、遊郭とは反対方向の野原で立ち尽くす千代さんを見つけた。頭の後ろで結っていた髪が解けてしまうのも構わずに、乱暴に頭を掻いている。今にも叫び出しそうになっているのを懸命に堪えているようだ。

「千代さん」

来ないで、と拒絶されると、足がその場に縫いつけられたようになった。ここから先へ進んで、彼女の為に言葉をかけるなんて真似は、親の庇護下にある子供の僕には出来ないことだ。

千代さんはこちらを振り返ろうとさえしない。

「――どうして話してくれなかったのかしら。自分が襲われたと、犯されたのだと話してくれていたなら。もっと違う結末もあったのに。巫女なんて続けられなくても、私は姉さんさえいてくれたならどんなことも辛くないのに」

きっと千代さんには八重さんの荷物になっていない、という自信があったのだろう。しかし、八重さんは妹のことを守っていた。心配をかけまいとして、自分に降りかかった不幸も話さずに。何も言わなかったのは、千代さんを巻き込まない為だ。

乱れた髪のまま千代さんがこちらを振り返る。

「考えてみれば私も人を殺しているのだったわ。託宣で多くの人の寿命を明らかにして、指し示してしまった。私はただその人が亡くなる日を告げていただけだと思っていたけれど、もしかしたら違うのかもしれない。私が口にしてしまうことで、現実に起きてしまったのかも。私さえ黙っていたなら、託宣をしなければ、死なずに済んだ人もいたのかもしれない」

それは違う、と言おうとして言葉に詰まった僕の肩に誰かの手が触れた。

「君の託宣など関係ない。言葉には確かに力が宿る。言霊だ。だが、神懸かりとなっている君に自分が死ぬ日を軽々に問うたのは誰だ。愚かな客の方だろう。面白半分に言葉を用いるから、そういう結末を招くのだ。断じて君の所為ではない」

香月の言葉に千代さんは目を閉じて、静かに首を横に振った。

「それでもやっぱり私の所為よ。姉さんだって私がいなければ警察に被害を出して、きちんと悲しむことが出来たかもしれない。いえ、誰か良い人に見初められていたかも。私みたいな妹がいたら結婚できるものも出来やしないわ」

香月は道を降りて、野原へと遠慮なく足を踏み入れる。

「来ないで」

拒絶の言葉を聞いても香月は一切躊躇わなかった。唇を噛んで、涙を流す千代さんから逃げることなく、正面から進んでいく。

「今だけは過去を振り返ってはいけない。過ぎ去ってしまったことに心を寄せても、それはなんの解決にもならないからだ。思い出せ。君にはまだやるべきことがある筈だ。絶望してもいい。自分を責めようとも構わないとも。——だが、歩みを止めてはいけない。それでは生きながらにして死んでいるのと同じだ。君を歩ませるのは、他ならぬ君の意志だということを忘れてはならない」

「……でも」

「これは君たち姉妹の物語だろう。人はそれをより良い結末にする為に日々を生きるのだよ。だから諦めてはいけない。投げ出してしまったものを後から拾い集められると思ったら大間違いだ」

作家として生きてきた香月にしか言えない言葉だ。僕の中にはまだ悲しんでいる人を止めるだけの経験がない。

「──春彦」

唐突に名前を呼ばれた。

「何か拭くものを貸してちょうだい。先生でもいいわ」

「僕ので良ければ」

「そんなおっかなびっくり近寄らなくても噛みついたりしないわ」

泣いている女性になんて声をかけたらいいのか分からないのだ。僕はかけられる言葉も持たず、ただ追いかけることしか出来なかったのだから。

ハンカチで涙を拭ってから、ふぅ、と強く息を吐く。

「先生。ありがとう」

「礼には及ばない。気持ちは落ち着いただろうか」

「ええ、もう大丈夫。いよいよ姉さんと会うんだものね。――言いたいことが山のようにあるわ。全部聞いて貰うんだから」

千代さんは気持ちを切り替えるようにそう言うと、髪を器用に後ろで結い上げた。紐が陽の光を弾いてきらりと光る。

「春彦にも感謝しているわ。あなたが追いかけてくれた時、嬉しかったもの」

「……あんまり心配をさせないでください」

「ふふ、生意気」

軽く頭を小突かれたけれど、ちっとも痛くなかった。

◇

住吉村の平田で見つけた、件の仲野清二の家は驚くほど静まり返っていた。

僕たちが到着した頃には既に陽が傾き始めていた。地図で眺めると、新柳町の遊郭からそれほど遠くないように感じたのだが、実際に歩いてみるとそれなりに距離があった。その為、香月がまた音を上げてしまわないよう、何度か休憩を取りながらようやく辿り着いたのだ。

周囲には数軒の民家が肩を寄せ合うようにして建っているが、仲野某の家だけは木の塀で家の周りを覆っていて、外からでは中の様子が窺い知れない。

念の為、僕が周囲の家を二軒ほど回って話を聞いてきたが、どうやら男の一人暮らしであるらしい。

「なんでも市内の銀行に勤めているとか。いい歳をして近所付き合いはないそうで、挨拶を交わすことすらないようです」

「随分と嫌われているな」

「いい歳をした男の人が一人で暮らしているなんて不審に思われても仕方がないわ。それもこんな辺鄙（へんぴ）な所に借家まで借りて」

確かに此処は市内からはやや遠いし、立地もよくない。銀行勤めなら他に幾らでも選択肢はあっただろう。どうやら仲野某という男は、相当な変わり者らしい。

千代さんがいつになく厳しいのは八重さんとの関係が気になるからなのだろう。

「ここでじっとしていても始まらない」

「そうですね」

僕はそう言ってから仲野家の玄関へ向かい、ガラス戸の向こうへ声をかけることにした。これも助手の務めだ。

「ごめんください。仲野清二さんはご在宅でしょうか」

名前を呼んだのは、ただの来客ではなく用件があるのだと知って貰う為だ。自分に負い目のない人間なら素直に出てくるだろう。

「ごめんください。仲野さん、いらっしゃいますか」

二度、呼びかけてみてもなんの返答もない。留守にしているのだろうか、と試しに戸を引いてみると、呆気なく戸が横へ滑った。

「……開いている」

鍵はかかっていなかった。忘れて出かけたのか、或いはまだ中にいるのか。

「すいません。仲野さん、いらっしゃいますか！」

さらに声を大きくして中へ向かって叫んでみたが、やはり返事はない。本当に鍵をするのを忘れて出かけてしまったのかもしれない。玄関の奥から古い家独特の匂いに混じって、強い鉄錆臭い匂いが漂ってきた。

「血の匂いよ」

千代さんがそう言って戸を引いて中へ足を踏み入れた。靴を脱いで上がり框を上り、薄暗い廊下の奥をじっと見つめる。香月が玄関を閉めて、匂いに顔を顰めた。

「姉さん。何処にいるの？　姉さん！」

不穏な空気に息が詰まりそうだ。

「千代さん。あまり先に行かないでください」

薄暗い脱衣所らしき場所に衣類が山のように積み上げられて、酷い悪臭を放っていた。近づいて見るとそこにあるのは、何故か同じ柄をした着物ばかりだった。

「春彦。それは返り血だよ」

いつの間にか背後に立っていた香月が血の気の失せた顔でそう呟いた。暗くてよく分からないが、この大量の衣類は全て同じ色に染まっている。

一枚手に取って広げてみると、黒い染みのできたそれは女物の着物のようだった。

「どうして返り血だと分かるんです」

「破れている箇所が何処にもないだろう。それにこれだけの数だぞ。尋常なことじゃない」

「……八重さんのものでしょうか」

「それはこれから明らかになるだろう」

その時だった。千代さんの短い悲鳴が聞こえた。

慌てて脱衣所から出て廊下の奥へ向かうと、座敷の入口に千代さんが怯えた様子で立ち尽くしていた。

「千代さん。どうかしました、」

息を呑んでいる千代さんの視線の先、八畳ほどの居間で男が首を吊っていた。居間の奥は仏間になっているようで、その欄間に紐をかけたらしい。足下に敷かれた毛布の上には踏み台が転がっていた。この踏み台を使って紐を首にかけ、自分で蹴飛ばしたのだろうか。

「春彦」

香月の声にハッとする。

「急げ。鋏か、何か刃物を持ってくるんだ」

香月に厳しく命じられて、僕は慌てて台所へと走った。整理整頓されて、無駄なものが一切ない台所。戸棚を開けて包丁を手に大急ぎで居間へ戻る。

「先生」

「貸してくれ」

踏み台の上にいる香月へ包丁を手渡す。鋭い刃が紐に食い込んだ瞬間、紐が切れて男が足から床に落ちて卓袱台ににぶつかる。

力なく横たわる男の首元に香月が指を当てて脈を確認したが、やがて静かに首を横に振った。

「亡くなってから、数日は経っているな。首の太い血管を的確に圧迫している。これなら血圧がすぐに落ちて意識を失っただろう。かなり神経質な人間だったのだろう。畳を汚さないよう足下に毛布まで敷いてある」

「どうして自殺なんか」

「春彦。ちょっと」

千代さんが指差した先、居間の卓袱台の上に一枚の白い封筒が伏せて置かれているのが見えた。おそらくは遺書の類いだろう。

「警察よりも先に見てしまっても良いものでしょうか」

「構わない。おそらく千代さんに宛てて書かれたものだろうから」

封筒を手にしてみると、表には確かに毛筆で『夕川千代様』とある。

「驚いた。どうして分かったの？」

「そんなものは一目瞭然だろう。仲野清二が八重さんのことを匿っていた。何処かに潜伏して寝起きできる場所がなければ、すぐに警察に見つかっていたさ」

男が女の人を匿う理由なんて、そう多くはないだろう。あの血塗れの着物のことから考えても、きっと事情を知っていたに違いない。

「私がこの男の立場でも、愛した女の身内である君にだけは事情を説明しておくべきだと考えただろう」

千代さんは神妙な顔で男の死に顔を見つめた後、おもむろに封筒を破って中の手紙を取り出した。

彼女の目が文字を追いかけていく。しかし、すぐに眼を逸らしてしまった。

「どうかしましたか」

「春彦。代わりに読み上げて。二人にも聞いて貰った方がいいと思うから。——こんなもの私一人ではどうしようもないもの」

便箋を数枚受け取って、薄暗い部屋の中で眼を凝らした。

「読みます。『拝啓。夕川千代様。このような手紙を唐突に受け取り、きっとさぞ狼狽なさったことでしょう。私の名は仲野清二と申します。またこの手紙をご覧になっている頃、私はもうこの世にはおりません。どうか、つまらぬ男の妄言と思い、暫しお付き合いください。私は一時期、お姉様の八重殿と寝食を共にした間柄ではございますが、いわゆる男女の仲ではございません。私の岡惚れに過ぎませんので御安心なさいますよう』」

「随分と卑屈な男だったようだな」

たしかに手紙の筆致からしても、えらく几帳面で融通の利かない印象を受けた。しかし、死を前にしてこれほど落ち着いていられる心境というのが、僕には理解できない。

「続けますね『お伝えしたいのはただ一つ。八重殿があなたの元に戻ることはないという事実です。遊郭での惨事に巻き込まれ亡くなっておりますす。ご遺体が見つかることもないでしょう。理由は、おそらく妹のあなたならば薄々勘づいていたのではないでしょうか。八重殿はずっと、そのことを気にしておられました。赦されずとも、せめてあなたが傷つくことがないよう、それだけを願われていました。此度の責任は全て私にあります。手に入れることを諦めていた好いた人との日常を、それがどれほど歪でも手放すことが出来なかったのです。誠に勝手ながら八重殿と過ごした半年足らずの日々は、冷たい私の人生において最も幸いなひとときでした。それがたとえ、衣服の汚れを落とし日常に戻る為だけの目的であったとしても構わなかったのです。――しかし彼女が彼女であった刻は、朝になっても戻ってはきませんでした。私が彼女の為にできることは最早、何も残っておりません。八重殿の黄泉路のお供をいたしますこと、どうかご容赦ください。敬具』」

千代さんにだけは伝わるように、言葉を選んで綴られているのが分かる。けれど、彼女が狼狽するのも当然だろう。

「分からないわ。そんなことを突然言われても。姉さんは何処に行ったの？」

「もう此処にはいないだろうな。――春彦、お前は気づいたか？」

「はい。『遊郭での惨事』とは何でしょうか」

「私の知る限り、惨事と呼ばれるような大きな事件は新柳町へ移転してから遊郭では何一つ起きていない」

僕たちの会話の内容に気づいた千代さんが、戦慄したように息を呑んだ。

「まさか、これからそれが起こるというの？」

香月は頷いてから、時計の針へ目をやった。時刻はもう夕刻に差し迫っている。あと半時もすれば陽が沈むだろう。

「『太夫の左腕』に宿った怨念は遊郭で怨みを晴らすつもりでしょうか」

「間違いないだろうな。残念だが、八重さんはもう完全に身体を支配されていると見るべきだ。彼には感謝しなければ。今ならばまだ間に合うかもしれない」

「……止めに行くつもりですか」

「乗りかかった船だ。結末を見ないまま尻尾を巻くつもりはない。——だが、春彦はこのまま家へ帰りなさい」

「は？」

「十四の学生には荷が重い。お前は倫太郎の元へ行って事情を説明し、彼の自殺を通報しなければ。そのまま保護して貰いなさい。そうすれば無事に家まで送り届けて貰えるだろう」

話は終わりだとばかりにこちらに背を向けた香月の背中を、思いきり蹴りつける。あっ、と香月が短く叫んで仏間に顔からつんのめった。

「……馬鹿にせんでくださいよ。あなたがついて来いって言うたとでしょうが。僕だけは信じるて言うたんは嘘やったとや？　今更なんか、子どもは役に立たんてか。危ないけん、一人で帰れてや？　舐むんなぞ」

思わず方言が出てしまった。普段から使わないよう、使わないよう気をつけているのに。母上が聞いたなら顔を真っ赤にして怒るだろう。

「びっくり。春彦、あなた。大人しい顔をしてとんでもないこともするのね」

何故か千代さんは楽しげにしているが、こちらは不愉快極まる。

香月が背中を摩りながら立ち上がって、心底驚いた様子で振り返った。

「……人に足蹴にされるのは、これで生涯二度目だ」

「三度目が欲しいのならいつでも仰ってください」

本当にこの男は心底、人のことを馬鹿にしている。おまけにその自覚がないので質が悪い。有名な文豪だかなんだか知らないが、この男は肝心かなめのものが欠落しているのだ。

「僕はあなたの助手じゃないんですか。歳のことなんて最初から分かっていたことでしょう。それをこんな土壇場で子供扱いをするのなら、そりゃこっちだって蹴飛ばしますよ。人が死ぬ所なんてもう二度と見たくないから、解決の為に動いてるんだ。ここまで来て蚊帳の外にやるような真似は二度としないでください」

香月に足りないのは、他人を信じることではないかと思う。だからこそ、相手を関係性で縛ろうとする。上下関係でしか他人と繋がったことがないのだ。

「……悪かった。確かに私の配慮が間違っていた。でも、お前が行くのか、と問いかけるから私も気を遣ったのに」

「誰だって確かめるでしょう。僕はね、あなたが行かないと言うのなら行きませんよ。千代さんだって紐で縛ってでも連れて帰ります」
そもそも警察でもないただの素人が手を出せる範疇にないのだ。これから遊郭で起ること
に目を瞑ってさえしまえば、危険に飛び込まずに済む。首をつっこむような酔狂な真似をする
方がどうかしている。――けれど、この香月蓮という男は酔狂が形になったような男なのだ。
「まずはご遺体のことですが、この辺りには電話機を持っている家なんてありません。仲野さ
んには悪いですが、今だけは遊郭のことを優先しましょう。一刻も早く向かわなければ」
「承知していると思うが、あんな所まで走っていくのは無理だぞ」
「虚弱なんですから、もう」
実際、香月の体力を考えると此処から新柳町まで駆けていくのは現実的じゃない。辿り着い
たとしても、疲労でまともに歩くことさえ出来ないだろう。かと言って電車で行く程、離れて
もいないし、そもそも通っていない。
頭を悩ませる僕たちを前に、千代さんがくすくすと笑う。
「市内の方は路面電車が走ってるものね。すぐに思いつかなくても無理はないわ」
そこまで言われて、ようやく私たちも気がつくことが出来た。彼女の言うとおり、すっかり
利用することがなくなって忘れてしまっていた。
「そうだ。人力車がありましたね」
「軌道の通ってないこの辺りは、遊郭へ向かう男を見つけに車夫が廻っているはずだ。探すの
は容易かもしれない」

「なるべく大きな通りまで行きましょう」

座敷を離れる前に横たわる仲野さんに向かって合掌し、黙祷を捧げた。彼の死に顔は穏やかで満ち足りたものだった。

「あなたの手紙、確かに受け取りました。姉さんのことを愛してくださって本当にありがとう。出来ることなら、あなたの口から直接姉さんの話が聞きたかった」

深々と頭を下げてから、千代さんが毅然と顔を上げる。辛うじて繋がってきた、八重さんへのか細い糸がようやく辿り着こうとしていた。

◆

新柳町遊郭が、その艶やかな貌を見せるのは、陽が暮れて夜の帳が音もなく降りてきてからだ。何処からともなく客を誘う三味線や筑前琵琶の音色が聞こえ、どこの郭の軒端にかかった提灯にも妖しげな灯りが点る。

仕事を終えた男たちが我先にと自分の馴染みの店へと足を延ばし、或いは新たな女を探して遊郭を物色して回るのだ。妓女(ぎじょ)たちの甘い猫撫で声があちこちから聞こえてくる。

入口の大門をくぐると右に巡査派出所があった。

とりわけ客同士の争いを仲介する役を担う為、この派出所に配属される警官は荒事に強く、妓女たちの誘惑に惑わされず、強い使命感を持って職務に当たることのできる者が厳選された。

明智益太郎（あけちますたろう）は福岡の警官の中でも特に実直で腕が立つとして配属され、遊郭の間では『鬼の益太郎』という異名を馳せていた。鍛え抜かれた肉体、任務遂行に当たる精神力は先達の警官たちも舌を巻くほどだ。

そんな益太郎の元に一人の妓女がやってきた。着物を着崩して白粉をはたいた細い肩が露わになっている。

「ねえ、旦那。ちょっといいかい？」

一楽（いちらく）という郭の女で、名を小菊（こぎく）といった。配属されて三年、大凡の妓女の名と顔は益太郎の頭に入っている。一楽という郭は、禁止された張見世（はりみせ）を通す郭が殆どのなかで律儀にアルバムを見せて相手を決めさせていた。美人揃いと規模の大きさで『天下の二大妓楼』との評判を誇っている。

この小菊も一体どこから連れてきたのか、と客の間で噂になるような美人であるが、益太郎からすれば女という大まかなくくりでしかない。その為、下心を抱くようなこともなければ、立場を使って下衆（げす）な考えを持つこともなかった。

「はい。どうかしましたか」

横柄で高圧的な態度の警官が当たり前の中、真面目な益太郎は誰に対しても敬語を使っていた。益太郎からすれば当然のことだったが、それが遊郭の中で『鬼の益太郎』の評判を不動のものとしていた。

「それがね、遊郭のあちこちに白い変なものが生えてるっていう妓女がいるんだよ」

「白い変なもの？」

「そうなんだ。でも、見える子とそうでない子がいるんだよ。アタシにもぼんやりとしか見えなくて。なんだか不気味で。ちょっと旦那に見て貰いたいんだ」

「分かりました。すぐに行きましょう」

小菊と共に突き当たりの娼妓診療所の近くまで向かうと、小さな人だかりが出来ていた。中には客を連れている妓女もおり、ざわざわと騒いでいる。

「失礼、通りますよ」

隣の郭の建物との間に白い木のようなものが地面から生えているのが見えた。しかし、何故か目がぼやけたようになってしっかりと見えない。

高さはちょうど益太郎の膝辺り、先端の部分が丸くなっているようなのだが、どうあっても焦点が定まらなかった。

「なんなのでしょうか。これは」

「ねぇ、不気味だろう？」

「見えない者がいる、というのはどういうことでしょうか」

益太郎がそう言うと、背後で俺だよ、という声がした。カンカン帽を被った中年の男で厚い眼鏡をしている。

「俺には何も見えねぇんだわ。本当にそこに何かあんのかい？　みんなして俺を騙そうってんじゃないだろうな」

男は必死に目を凝らしているが、本当に何も見えていないらしい。

任官されて八年、こんな珍奇なものを益太郎は見たことがなかった。だが、確かに小菊が言ったように、見ていると背中が粟立つような不気味さがある。

「とにかく近づかないでください。得体が知れませんから。ほら、離れて」

益太郎が人だかりを解散させようとしていると、同僚の警官が血相を変えてやってくるのが見えた。

「おーい、益太郎」

「金井(かない)さん」

同期ではあるが、三つ年上の金井のことを益太郎は尊敬していた。いつも誰に対しても温和で口先一つで荒事も解決してしまう。そんな金井が血相を変えること自体が酷く珍しかった。

「どうかなさったんですか」

「遊郭のあちこちに白い不気味な木みたいなものが生えていやがる。数えてきただけでも二十はくだらねぇ。しっかり見ようとするんだが、目がぼやけておかしくなるんだ」

「此処にも一つありました。これはなんなんでしょうか」

「分からねえ。ただ良いものじゃあるまいよ。避難指示を出すべきか、電話をしてくる。お前は大門に行って変な奴が入って来ないか、見張るんだ」

「分かりました」

益太郎がそう言って敬礼した瞬間、人だかりが一斉に声をあげた。それは殆ど悲鳴に近かった。驚いて振り返ると、地面から生えていたものが今度こそくっきりと見えた。

それは白い女の左腕だった。ちょうど肘から下の辺りから突き出ていて、長い爪が伸びている。透けるような肌の下に浮かぶ血管が妙に生々しかった。

そして、花が開花するように手が開く。指先の一つ一つが真っ直ぐに伸びて、白い彼岸花のようだった。

ぶわっ、と白い極小の粉が花粉のように辺りに舞い上がった。

咄嗟に益太郎は自分の鼻と口を手で覆いながら、一番近くにいた小菊の顔を左手で覆う。

「吸い込まないでください！　此処から離れて！」

声をあげた瞬間、ばたり、とカンカン帽を被った男が倒れた。白目を剥いて、鼻と目から血が零れ落ちている。

悲鳴をあげる暇もなかった。次々に人だかりを作っていた人々が倒れて、その場に居た金井が数歩進んでから崩れ落ちた。

「旦那」

小菊が苦しげにそう漏らして意識を失った。さしもの益太郎もこれ以上は息を止めていられない。

見れば遊郭中が白い煙に包まれていた。毒ガス攻撃が脳裏を過った。先の大戦では致死性のガスが塹壕に用いられたのだと聞いた。これも同種のものであろうか。

兎に角、異常を上へ報せなければならない。

益太郎は朦朧とする意識の中、大門の方へ向かおうとしたが、すぐにその足が止まった。白く煙る視界の向こうに何かがいる。

ぶるぶる、と震える足がどうしても前へ進もうとしない。前方からやってくる脅威の気配に益太郎は迷いなくサーベルを抜刀した。殆どの警官は訓練以外で抜刀することは、まずない。余程のことがなければ抜刀は問題となるし、それを利用する時には処罰も視野に入る。

その上で、今こそそうするに相応しい事態だと剣術も修めている益太郎は判断した。サーベルの切っ先を正面に構え、体重を僅かに後ろへ傾ける。

斬撃は装備によっては効果が薄い。体重を乗せて突進しながら突くべきだ、と決めた。息を止めて左手でハンカチを取り出して口元を覆い、ほんの少しだけ息を吸う。微かに甘い匂いを感じたが、まだ意識を保つことが出来た。

霧の向こうから重装備の兵士が現れたとしても、一矢報いる覚悟は出来ている。

しかし、音もなく現れたのは裸に赤い打ち掛けを羽織っただけの若い女だった。いや、打ち掛けを染める斑な赤は返り血だ。女の白い目元にある泣き黒子に思わず益太郎は見蕩れた。

一瞬、呆然となった隙にサーベルを持つ右腕が急に上へと跳ね上がった。右手が女の背から伸びた白い手によって鷲掴みにされている。

ギョッとした瞬間、激痛と骨の砕ける音がした。解放されると、サーベルの柄と殆ど一つになった無残な右手がだらりとぶら下がる。

あまりの痛みに蹲って悶絶する益太郎を、女は一顧だにしなかった。

その代わりとばかりに女の背から生えた数本の腕が、獰猛な蛇のように益太郎の背後にいる男へと襲いかかった。

ギャア、と男が断末魔の叫びをあげた。

ばきり、ぼきり、と骨を砕いて肉を割る音が益太郎の耳に容赦なく響いたが、恐怖と激痛で立ち上がることもできなかった。立ち上がれ、と何度己を叱咤しても膝が震えて言うことをきかない。

蹲ったままの益太郎の下に、どろりとした赤い血溜まりが広がっていく。

女が次々と男たちを握り潰していくのが悲鳴で手に取るように分かった。その中に聞き覚えのある金井の声が混じっているのを益太郎の耳は聞き逃さなかった。

「逃げろ……逃げてくれ」

甘い白粉の香りに意識が遠退いていく。

血溜まりに倒れながら、益太郎は遊郭中から響き渡る男たちの悲鳴を意識が途絶えるまで聞くこととなった。

終章

◇

千代さんは強運の持ち主だと僕は感心せずにはいられなかった。

比較的、人通りのある通りへと向かっている最中に博多方面へと向かう人力車を二台、見かけたのだ。慌てて声をかけて止めてみると、この先の農学校へ教授たちを乗せてきた帰りだと言う。

「遊郭ぅ？　そりゃあ、頂けるもんを払って貰えるとならこっちは構わんばってん。アンタ、女子供を遊郭へ連れて行くとはちょっと趣味が悪いんじゃねぇか？　坊主なんかうちんとこの坊とそう変わらんぞ」

香月にあらぬ疑いの目がかけられたが、本人はまるで慌てる素振りも見せない。

「何故だ。遊郭の門さえ潜らなければ女子供が近づいても問題はないだろう。何も中へ入れとは言わない」

淡々としたいつもの調子で平然と返している。

「中には変態性癖を持っとる奴だっておるけんな。こっちも用心しとるだけよ。人攫いやったら困るけんな」

「私が人攫いの類いに見えるのか？」

香月の問いに車夫二人は苦笑した。

「周旋屋にしちゃ、兄さんはちぃと人が良すぎるな」

「おう。変わっとるばってん、悪人じゃなかごたる」

言い得て妙だと思う。どうしても育ちの善さというのは隠せないものだ。

「そうか。ふむ、興味深いな。何が違うのだろうか」

「はいはい。長話はいいですから。お金はこの人が払います。常の運賃の二倍お支払いしますから、大急ぎで僕たちを遊郭まで連れて行ってください」

この一言に二人の車夫は顔色を変えた。

「そいつを最初に言わな！」

僕と千代さんが一緒に、香月は一人で人力車へと乗り込む。体重の問題で、こうして振り分けた方がより速度が出せるのだという。

「しっかりと掴まっとかんと落ちるけんな」

僕と千代さんはその言葉に震え上がったが、実際に走り出すと想像とはまるで違っていた。石畳ではないので多少の揺れこそあるものの、それを差し引いても乗り心地は快適と言っていい。まるで滑るようにぐんぐんと進んでいく。

きっと、この車夫の腕がいいのだろう。昔、父上から車夫にも運転の優劣がある、と聞いたことがあった。上下に揺れるように走るのは三流、一流は乗っている人間が心地よいと感じるように走るのだ、と。

僕たちは運がいい。

前を走る香月の様子はここからでは分からないが、きっと初めての体験に心を奪われているのだろう。あの男の場合、人力車よりも車の方が乗った経験が多そうだ。帝都ならともかく、まだまだ博多では車は役人の乗り物だ。自家用車なんて、あの柳原白蓮(やなぎわらびゃくれん)くらいしか所有していないだろう。炭鉱王の財産は伊達ではない。

「春彦。まだ間に合うと思う？」

後ろ向きの問いかと思ったが、千代さんの瞳はしっかりとしていた。

「どうでしょうね。陽が暮れる直前には辿り着けると良いんですが」

敢えて仲野家では口にしなかったが、どうやって止めるのかという手段を講じていない。もしかすると香月に何か考えがあるのかも知れないが、どちらにせよ鍵になるのは千代さんだろう。

「ねぇ、春彦は姉さんのことを可哀想だと思う？」

唐突な問いに、僕は顔を顰めた。

「なんです。藪から棒に」

「こんなことになって不幸だと思う？　私たちのことを哀れんでいる？」

どうしてそんなことを聞くのか、と言うほど僕も子供ではない。

「運が悪かったとは思います。でも、哀れみなんて抱きません。選ぶ選択肢さえ少ない中で、最善だと思う方を選んできたんですから。その先に困難があったとしても、それは絶対に他人の物差しで計られるべきものじゃない」

「それは春彦も同じだから？」

「……そうですね。生まれについては運が悪かったなと、正直言って思いますよ。でも、不幸じゃない。そう思うことにしているし、僕以外の誰かに不幸だなんて思われたくないです」

八重さんもきっと、そうなのだろう。自分の力だけではどうしようもなかったことを嘆くよりも優先したいものが彼女にはあった。たとえ、その先にある未来が既に視えていたとしても。

「八重さんは身に余る呪具を自分で選んだ。どんな結末を招くのか、知っていた筈です。でも、その真意は僕なんかには分かりませんよ。どうしたって僕は男だし、経済的に困窮したこともない。辛さが分かるなんて言えません。――でも、実の妹を自分の復讐に巻き込みたくなかったのは理解できます」

「春彦は確かお兄さんもいるのよね。名前はなんて言うの？」

「夏彦です」

「そう。お兄さんは夏生まれなのね。もしも夏彦さんが何か酷い目に遭って復讐に走ったならどうする？　すっかり化物になってしまった夏彦さんを止められる？」

化物という言葉を口にした千代さんは酷く傷ついた顔をする。

僕は少し考えてから、矛盾した結論を出した。

「復讐なら協力します。一緒に地獄に落ちてもいい」

「兄弟を巻き込みたくない気持ちが分かるんじゃなかったの？」

「そうなんですよね。妹や弟のことを考えると巻き込みたくはないんですが、兄のことを考えると一人で抱え込んで欲しくない。うん、矛盾していますね」

「気持ちは分かるわ。私には妹はいないけど、もしもいたなら巻き込みたくない」

「……迷っているんですか。いや、責めている訳じゃありません。僕は大層なことを口に出来ても、当事者じゃありませんから」

「いいえ。もう迷っていないわ。——ただ悲しいだけ」

僕ならなんのかんのと言いながら最後の瞬間まで迷い続けるだろう。兄を助ける手段はないのか、最後まで足掻き続ける。いや、それは千代さんも同じだ。

「おいおいおい。なんだ、ありゃあ」

車夫の声に顔を上げると、那珂川の先に見える暗がり。ちょうど遊郭のある辺りが白い霧に覆われているのが遠目に見えた。

人力車の速度が落ちていくのを感じて、千代さんが車夫に声をかける。

「止まらないでください。あそこに行きたいんです」

「ばってん、あら只事じゃなかぞ」

「お願いします。姉があそこにいるんです」

千代さんの訴えに車夫は一瞬驚いたようだったが、唇をペロリと舐めると目を輝かせた。博多の男というのは、こういう非常事態を前にすると血が騒ぐのだ。

「無理ならいいんです。僕たち此処から歩きますから」

僕の言葉にカッと顔を赤くするのが分かった。

「なんば言いよるとか。大人しく乗っとけ！」

ぐんぐんと先程よりも速度が出ていく。

「春彦。あなた、本当に悪知恵が働くのね。悪い顔をしているわ」

「――先生には負けますよ」

風に運ばれてきたのか。微かに甘い白粉の匂いがした。


遊郭の大門の前まで辿り着くと、そこには大勢の人だかりが出来ていた。どういう理屈か、霧は遊郭の中だけを満たしているようで、外には微かに漏れ出ているだけらしい。その様子を不気味がって足踏みしているようだった。

人力車を降りて、香月が車夫へ料金を支払う。

「こんなに貰っちまってよかとですか？」

「相応の仕事をしてくれた礼だ」

よほど多めに払ったのだろう。彼らの顔がほくほくと明るい。

「旦那方。中に御用があるんで？」

「そうだ。彼女の姉に会いに来たんだが、あの人だかりではな。女子供は遊郭には堂々と入れんし、どうしたものか」

「つまりこの子の姉さんが遊郭にいると？」

「ああ。そうだ」

妓女の姉に妹が遠く遙々やってきたと思ったのだろう。二人は顔を合わせると、うんうんと頷いた。

「事情は分かりました。俺が話ば聞いてきましょう」

車夫の一人が人だかりの中へ入っていき、すぐにこちらへ戻ってきた。

「たまに中で悲鳴のようなものも聞こえてくるけん、警官も何人か中に入ったらしいばってんが、誰も出てきちょらんごたるですね」

このまま時間が経てば人だかりはもっと増えるだろう。そうなればますます中へ入ることは難しくなる。

「お姉さんに会いたかとは分かるばってん、今夜の遊郭は尋常じゃなか。また日を改めたがいい。旦那、今日はもうやめとかんですか」

「駄目だ。今日この瞬間を逃せば取り返しのつかないことになる。もう二度と会う機会はないかも知れない」

大袈裟な物言いだが、香月の言葉はあながち間違ってはいない。

「ここまで話を聞かされちから尻尾を巻いたら、博多ん男の名が廃るってもんばい」

「おう。そげんたい。――旦那。俺たちが人目を引きますけん、そん隙に三人でこそっと入ってください。ばってん、無理ばしたらいかんですよ」

「ああ。ありがとう。恩に着る」

「坊主。姉ちゃんば守ってやらないかんぞ」

どうやら僕は弟だと思われていたらしい。

「弟ですって。――ありがとうございます」

千代さんに御礼を言われて二人は照れたように笑ってから、人だかりの方へ近づきながら突然、お互いの胸ぐらを掴み挙げた。

「なんか、キサン！　さっきから文句ばっか垂れてからァ！」

「やるとや、こら！　いつまでんぶすくれとうとや！」

大柄な車夫同士の喧嘩が始まり、辺りはすぐに騒然となった。巻き込まれてはかなわないとばかりに人だかりが蜘蛛の子を散らすように消えていく。――そのどさくさに紛れて私たちはひっそりと大門を潜った。

随分と熱が入った芝居のようで、最後に見た二人は周囲の人間が止めに入るほど激しい殴り合いをしていた。無事に出てくることが出来たなら、あの二人を探し出して改めて礼を言わなければいけない。

前を向いて香月と千代さんの背中を追いかける。

遊郭の中は牛乳を溶いたような濃い霧が出ていた。郭の軒端に吊るされた提灯や外灯の明かりが白い霧をくっきりと浮かびあげている。

「酷い霧だな。伸ばした自分の手さえ判然としない」

香月が息を呑む気配がした。千代さんは押し黙ったまま、拳を握り締めている。

初めて足を踏み入れた遊郭は、甘い白粉の匂いに混じって酷い血の匂いがした。

前を歩く香月が急に立ち止まる。後ろからそっと覗き込むと、若い女の人が地面にぐったりとした様子で横たわっていた。

「まさか死んでいるの？」

香月がそっと女性の様子を見て、それから首を横に振った。

「いや、眠っているだけだ。怪我をしている様子もない」

「みんな、この霧の所為で昏倒しているのか。しかし、それならば何故私たちは平気でいられるのだろうか」

「鳴弦」

確かに香月の言うとおりだ。彼らに効いて、僕たちに効果がないというのは理屈が通らない。

いや、こんな怪現象を前に理屈や道理を持ってくる方がどうかしているのかもしれない。

千代さんの言葉に香月が、なるほど、と笑みを浮かべた。

「巫女の加護か。筥崎宮で八幡神を降ろした為だな。これも御利益というものか」

「全く話が見えません。どういうことです」

「弓の音は穢れを祓い、依り代たる巫女と神官、楽人の精神を同調させる効果がある」

「……よく分かりませんが、筥崎宮のおかげということですか？」

「そうとも言えるが、これは千代さんのおかげだ」

兎にも角にも、私たちはこの霧の中でも意識を失わずに済むらしい。

「あそこに何かあるわ」

千代さんが指差した先、郭から伸びた電線に何か赤黒いものが引っかかっている。

「布団かしら？」

ぽたり、と雫のようなものが次々と地面へ滴り落ちていた。しかし、地面に広がっているのは水溜まりではない。赤黒い血溜まりだ。

ひっ、と千代さんが短い悲鳴をあげた瞬間、電線に引っかかっていたものが湿った音を立てて地面へ落ちた。水の入った大きな氷嚢を地面に強く叩きつけたような音が辺りに響き渡る。

咄嗟に香月が千代さんを抱き寄せた。彼女の視界を塞ぐ為に。

「春彦、見るな」

「……遅いですよ、もう」

背広姿の男が無残な死体となって足下に転がっていた。手足が奇妙な方向に強引にねじ曲げられて、首があさっての方を向いている。脳が混乱しているのか、こんな時であるのに蝦夷の羆（ひぐま）は獲物を高く跳ね飛ばして遊ぶことがある、と学校の先生が雑談で話していたのを思い出していた。

ぞわぞわ、と足下から這い上がってくる悪寒に震える。今更になって本当に恐ろしい事態の只中にいるのだと痛感した。

今頃、兄弟たちは何をしているだろうか。もう夕飯を食べている頃かもしれない。僕が留守にしているから、兄が秋彦と冬子を風呂に入れるだろう。——温かい日常が妙に遠く感じる。

どうしてこんなことになった、などと間抜けなことを言うつもりはない。凄惨な場面を目の当たりにすることは、分かりきっていた筈だ。僕に一つだけ救いがあるとすれば、これが身内の凶行ではないということだろう。

「先生。ありがとうございます。でも、どいてください」

「千代さん。君は見ない方がいい。心に傷がつく。赤の他人が犯したものじゃないんだぞ」

「春彦も目の当たりにしているわ。これは姉さんを止めることが出来なかった私の罪でもあるの。この人は、その被害者だわ」

千代さんがそう言って香月を手で押しのけて、足下の無残な遺体を見て息を呑む。手で口元を覆い、大粒の涙を溢した。それでも嗚咽は少しも漏らさなかった。

ごめんなさい、と小さく言ってから両手を合わせる。

少しずつではあるが、風に吹かれて微かに霧が晴れたようだった。道路のあちこちに凄惨な様の遺体が転がり、妓女が横になって眠っている。徹底して男ばかりが殺されていた。

「まるで地獄のような有様だ」

「問題は八重さんが何処にいるか。まさかこんなに郭が多いなんて。一軒ずつ見て回る訳にはいきませんよ」

「四十件以上もあるからな。地図と店の名前は頭の中に入っている」

「先生、本当に来たことないんですよね？」

「ああ。だが文献で調べた事があるからな。作品の舞台にしたことも何度かある。店の名前と大凡の位置は分かる筈だ。それでも全ての郭を見て回るのは現実的ではないな」

「とにかく大きな郭から回るべきでしょうか」

「ねえ、静かに」

千代さんに言われて口を閉じる。

「聞こえた？」

香月は怪訝そうな顔をして首を横に振ったが、僕にも微かにその音が聞こえた。

「ジャズよ。姉さんが好きだった。遊郭で流している店があるの？」

「ああ。社交ダンスが帝都で流行っているが、福岡は風紀を乱すと禁じられている。しかし、遊郭は別だ。歌って踊るなと規制はかけられないからな。公然と踊る為に登楼する物好きもいると聞く」

踊ったら帰る、なんて真似が出来る奴はいないらしいが。と香月がつまらなそうにつけ加える。さぞ高い踊り料金となったことだろう。

「確か、玄関を広く板敷きにして大型の蓄音機を設置してダンスホールのようにしている郭が三つある。『いろは』『晴元』『第二いろは』だったはずだ」

「そんなことまで本に載っているんですか？」

「これは倫太郎から教わった。ああ見えて、あいつは遊郭通いが生きがいの男だからな」

あっけらかんと人の秘密を暴露して、香月は千代さんに音が聞こえてくる方向を尋ねた。本当に全く聞こえていないらしい。

「その方向なら晴元楼（はるもとろう）で間違いないだろう。急ごう」

霧の向こうから聞こえてくる、罅割（ひびわ）れたジャズのメロディに少しずつ近づいている。晴元楼までの道程にも死屍累々（ししるいるい）の地獄を見たが、足を止めていられるだけの余裕が僕たちにはなかった。

不意に、前を走っていた香月がふらついて膝をつく。

駆け寄って手を取ると、顔から血の気が失せている。握った手も氷のように冷たい。

「大変。顔色が真っ青だわ」

「……大丈夫だ。問題ない。少し、ふらついただけだ」

思えば今日はかなり過酷な一日だった。肉体的にも精神的にも疲労していてもおかしくない。普段から丈夫だと言われる僕ですらそう感じるのだ。虚弱な香月は相当な無理をしてきたのだろう。

「先生はもう戻った方がいいわ。元々、これは私と姉さんの問題だもの。あとは私一人でどうにかしてみせる」

「馬鹿を言うな。ここまで来ておいて、みすみす戻れる訳がないだろう。そんなことをするぐらいならいっそ死んだ方がマシだ！」

そう叫んで立ち上がった香月を千代さんは呆然と見ていたが、僕はきっとそうなるだろうなという気がしていた。まだほんの短い付き合いではあるが、香月蓮という人間の気質はある意味とても分かりやすい。

「春彦はそれでもいいの？　先生が死んでしまうかも知れないのよ」

「止めても聞きませんよ。それに僕は助手ですから、最後まで付き合うだけです」

千代さんは心底呆れたように溜息をついた。

「急ぐぞ。もうどれだけの犠牲者が出ているか見当もつかないが、表にいる連中が痺れを切らして中へ押し寄せる前に止めなければ。——春彦、肩を貸してくれ」

「はい」

言われた通りに肩を貸してみたが、背丈に如何ともし難い差があるので却って歩きにくそうだった。

「杖を持ってくるんだった」

「そういえば杖はどうしたんです。持っていませんでした？」

「分からん。いつの間にか失くした」

道中に転がる無残な死体。彼ら一人一人にも家族がいたことを思うと、やりきれない気持ちになる。これほど無残に殺されなければならない理由が、彼ら全員にあったのだろうか。

怨みを持って死んだ妓女たちの祟りはそれほど強いものだったということなのか。

地獄を再現したかのような風景の中、店から漏れ出た光と提灯の灯りだけが、ゾッとするほど美しかった。

「見えたぞ。あれが晴元楼だ」

香月が指差した先には一際大きな二階建ての屋敷があった。柵で囲まれた立派な庭があり、松や杉が植えてあるのが見える。霧が入って来ないよう窓は固く閉じられていて、隙間にはしっかりと布を噛ませていた。

正面の冠木門が強い力で薙ぎ払われたように吹き飛んでいる。塀の屋根の上に下男と思われる男が二人、身体を卍のような形にへし折られて無残に斃れていた。

軽快なジャズの音色が、時折、罅割れたように飛んで聞こえてくる。

「姉さんの好きな曲だわ。帝都にいた頃、いつも聴いていたのを覚えてる」

千代さんが唇を噛んで、戸の壊れた玄関から中へ入った。

玄関を潜った瞬間、目の前の光景に息を呑む。

白い曼珠沙華(まんじゅしゃげ)が板張りの床を埋め尽くすようにホールに咲き誇っていた。しかし、よく見るとそれらは全て白くか細い女の左腕だ。五本の指が掻くような形で固まっている。百や二百ではきかない。

そんな白い花畑の先に黒い打ち掛けを羽織った女性が、こちらに背中を向けて立っていた。

「――八重姉さん」

妹の声にゆっくりと振り返った八重さんの顔には凄絶な笑みが浮かんでいた。右眼から白い曼珠沙華が咲いているように見えたが、よく見ればあれも花のように開いた左手だ。赤い血が右眼から涙のように頰を伝って床に落ちていく。

打ち掛けの中には何も着ておらず、白く透けるような肌は赤黒い返り血で斑に染まっていた。

残った左眼が私たちを見つめて、狂ったようにぐるりと一回転する。

「ああ、千代。こんな所にいたのね」

まるで自分の家で妹に話しかけるような明るさに、背筋が震え上がった。

「何処に行っていたの？　お母様がずっと貴女のことを探していたのよ？　一緒にダンスを覚えようって約束をしていたじゃない。やっと東京へ帰れるの。女学校のお友だちにも、こちらのお土産を買って帰らなくちゃいけないわ。何がいいかしら。お父様に聞いておかないと」

楽しげにそう言って、階段の奥を不思議そうに見上げた。

「――嫌な匂いがするわ。穢らわしい男の匂い。汗臭くて、嘘つきで、乱暴で、意地汚くて、不潔で、高慢で、独善的で、自分勝手で、どうしようもない生き物の匂いがする。まだ上に隠れているのね。ああ、きっと千代のことを手籠めにしようとしているんだわ。私にしたみたいに。私たちにしたみたいに。大切にしてきた何もかもを台無しにしようとしているのね」

ひぃっと上の階から男女の悲鳴が聞こえてきた。どうやら建物の中にいて白い霧を吸わずに済んだらしい。

「八重姉さん！」

千代さんの悲鳴じみた声に、八重さんが振り返る。よく見ると腰から下が人間ものではない。臍の下辺りから白い蛇のような腕が何本も生えて蜷局（とぐろ）を巻いている。

「ごめんね、千代。いつも一人にしてしまって。怖かったでしょう？　でも、大丈夫だからね。姉さんが怖いものは全部、根こそぎにしてあげるから。そうすればまた昔みたいに戻れるわ」

そう言って八重さんの手がずるりと伸びて、壁に飾ってあった美しい鞠を掴み取って眩しそうに眺める。

「懐かしいわね。お婆様が私たちを引きとってくれた時、お婆様から教えて貰った手鞠歌。博多でも子供達が口ずさんでいて、本当に懐かしかったわ。

一かけ二かけ三かけて
四かけて五かけて　六をかけ
七つのらんかん　こしをかけ
はるか向こうを　眺むれば
十七、八の　小娘が
片手に花もち　せんこもち
お前はどこかと　きいたなら
私は九州　鹿児島の
西郷の娘で　ございます
討ち死になされたとうさまの
お墓参りを　いたします
お墓の前で　手を合わせ
なむあみだぶつと拝みます

ねぇ。なんて寂しい歌なのかしら。お婆様がどうして私たちに、こんな歌を教えてくれたのか。ちっとも分からなかったわ。だって、お父さまたちは討伐をした側なんだもの。御一新の立役者だったのに」

正気と狂気の狭間で、八重さんの意識は揺れているようだった。いや、もうとっくに狂ってしまっているのだろうが、それでも実の妹の分別はついているらしい。

「お願い。姉さん、もうやめて。誰も傷つけないで」

「私ね、分かったの。お婆様はやっぱり私たちのことを快く思っていなかったんだわ。お婆様にとってお父様は仇も同じで、そんなお父様と駆け落ち同然で結婚したお母様のことも許せなかった。だから、どんなに助けを求めても、お父様たちが死ぬまで手を差し伸べてはくださらなかった。……この歌はお婆様のことを歌っていたのね」

確かに東京の人には分からないかも知れない。けれど、九州の人間にとって西南の役はついこの間起きたばかりの戦争だ。親兄弟だけじゃなく、親戚や友人も含めれば無関係でいられた人の方が少ない。博多はともかく、熊本はその比ではないだろう。

不意に、八重さんの瞳が香月と僕へと注がれた。

「大変よ、千代。あなたの後ろにも男がいるわ。きっと貴女の身体を暴くつもりよ。潰しても潰しても次から次へと湧いて出る。——大丈夫よ、姉さんが貴女を守ってあげるからね」

文字通り虫を見るような冷酷な視線が、僕たちを射貫いた。

「——仲野清二という名前に心当たりは？」

香月の朗々とした声が響く。

虚を衝かれたように八重さんは固まったまま、呆然としている。耳に入った言葉の意味が分からず、硬直しているようだった。それはまるで目の前の虫が突然、人の言葉を発したような反応に見えた。いや、八重さんからすれば僕たちは本当の虫に見えているのかも知れない。人として認識されていないのではなかろうか。

しかし、ふっと意識を取り戻したように笑みを浮かべる。

「清二さん、清二さん、清二さん。ああ、あああ、あの方には本当に御迷惑をかけてしまったわ。いつも何も言わずに匿ってくれて、私の話に黙って耳を傾けてくれた。どんなに私が虫たちに汚されて帰っても、いつも温かいお風呂を沸かしてくれたのよ。私が私たちになっていくのも、ただ黙って見守ってくれたの。何も責めなかった。何も怒らなかった。――本当に優しい人だった」

八重さんの右眼から夥しい血涙が流れ始める。ぼたぼた、と音を立てて、白く花のように天井へ伸びる手が斑に赤く染まっていった。

「清二さん、清二さん。あの人は男なのに汚くない。だからこそ、私なんて相応しくないのよ」

ぶつぶつ、と言葉が小さく消え入りそうになっていく。俯いてぼそぼそと何事かを呟き始めた。

「……どうするんです。これから。何か手段があるんですよね」

「二つある。一つは外法箱だ。中の呪物を壊す」

歩き巫女の力の根源。呪具さえ破壊してしまえば、力を失うのは道理だろう。けれど、壊れてしまった八重さんの心を元に戻せるかどうか。それとは話が別だろう。

「そんなことだろうと思いましたよ」

部屋の四方に眼を配るが、それらしいものは見つからない。香椎宮で見かけた外法箱は割と大きかったことを思い出す。人間の腕が入っていると言うのなら、相応の大きさである筈だ。

「……本当に此処にあるんですか」

「分かる筈がないだろう。私は作家であって霊能者じゃない」

流石の香月も声が強張っていた。

ぶつぶつ、と呟いていた八重さんの声が不意に途絶える。ゆっくりと顔をあげた彼女の顔、その左眼に複数の瞳が蠢いているのが見えた。

咄嗟に香月の着物の帯を握って、後ろへ引き倒す。——その瞬間、白い手が蛇のような勢いで頭上を通り過ぎていった。棚の上に飾られていた花瓶が砕け散る。

八重さんが絶叫した。それは甲高い赤ん坊の声に似て、聞く者の背筋を震え上がらせる。

姉さん、と千代さんの悲鳴じみた声が聞こえた。姉を止めようと必死に呼びかけているが、いつ吹き飛ばされてもおかしくない。

「因みに、もう一つの手段は?」

引き倒された香月は、不機嫌そうに横たわったまま八重さんの方を窺い見る。

「……あの状態では無理だな。隙がない」

「分かりました。では二手に分かれて探しましょう。見つけた方が壊す。いいですね」

香月が頷いて、背を低くしながら逃げる。足下から生えた腕の間を這って逃げるのは恐ろしかったが、そんなことは言っていられない。

千代さんのことは辛うじて認識できているようだ。しかし、あの体格差ではどうあっても止められない。

受付の台の裏へ飛び込むと、着物姿の中年の女性が仰向けに倒れていた。息はあるようだが、顔に血の気がなく衰弱している。

棚の中へ目をやったが、書類や鍵などがあるばかりで箱らしきものは見当たらない。香月の方をそっと見てみると、屏風の影に膝をついて考え事をしているようだった。

「……あの野郎。探せよ、ちゃんと」

悠長に考えごとなどしている場合か。

玄関部分を改装した、このダンスホールに余分なスペースなどない。一人でも多く、出来るだけ大勢の男が妓女たちと踊れるように造ってある。外道箱くらいの大きさのものがあれば、それなりに目立つ筈だ。いや、そもそも隠す、という意識が彼女に残っているのかさえ疑わしい。

八重さんの腕が風切り音を立てて頭上を通り過ぎていく。千代さんが身体を張って行く手を遮ってくれなければ、香月や僕などはひとたまりもない。あっという間に掴まって殺されるに違いなかった。――表で見かけた、あの無残な死体が脳裏を過る。

嫌な想像を振り払おうと顔を振って、棚の影からそっと顔を覗かせた瞬間、真横からの衝撃に視界が上下反転し、背中に強烈な痛みが走った。

内臓がひっくり返ったような激痛に息が出来ない。壁に叩きつけられて床に落ちたのだと理解した時には、化物に成り果てた八重さんがこちらを見下ろしていた。二つの眼から流れる赤黒い血涙が床に落ちると、焦がすように煙をあげる。

——僕はようやく理解した。きっと香月もほんの少し前に気づいたのだろう。

八重さんが、彼女自身が外法箱に成ったのだ。あの身体が呪具そのもの。だからこそ、こうして彼女の身体から呪いが溢れ出ている。

香月は言っていた。巫女は依り代なのだ、と。

白い手が数本、僕の首へゆっくりと伸びてくるのが見えた。首をへし折られる、そう本能的に分かる。這って逃げたいところだが、衝撃のせいで手足が痺れて満足に動かせなかった。

「どうしろっていうんだ、こんなの」

呆然と呟いた瞬間、どん、という低い音が、背後から八重さんにぶつかった。露わになっている乳房の下、胸の中央から鋭い切っ先が生えている。

「……ごめんなさい、八重姉さん。何も気づいてあげられない、馬鹿な妹で」

両手を赤く染めた千代さんは涙を流しながらそう言った。

赤く濡れた切っ先を見つめる八重さんから殺気が消えていく。下半身に生えた大量の左腕が枯れるように萎んでいくのを見て、咄嗟に距離を取った。数歩歩いただけで腰が立たずに尻餅をつく。

立ち枯れた白い彼岸花の中央に、二人の姉妹が残された。

呆然と振り返った顔に、人間らしい穏やかな微笑が浮かぶ。ちよ、と微かだが優しげな声がはっきりと聞こえた。――まるで最初からこうなることを望んでいたみたいに満ち足りた顔をして、梅の花が溢れるように重さを感じさせないまま横たわった。

微笑んだまま絶命した八重さんの頭を膝に乗せて、千代さんは血に塗れた震える手で姉の頬に触れる。

「ちゃんと止めたわ、私。人と神さまの仲立ちをするのが役目だっていつも話していたものね。巫女は人の役に立つものだって。――ちゃんと言いつけ通りに出来たでしょう?」

嗚咽を漏らして、姉の頭を抱く千代さんの姿を見ているのが辛かった。

「春彦」

香月がやってきて手を差し伸べたので、思わず手を強く握り返してしまった。

「来るのが遅いですよ。――結局、何も出来なかった」

「……私もだ」

そう言って目を伏せる香月も理解したのだろう。千代さんは初めからそのつもりだった。懐剣を懐に隠し持っていることを彼女は僕たちに一切話していなかったのだから。

「本当に、千代さん一人で終わらせてしまいました」

役立たずの男が二人、俯くことしかできない。そうして足下に目をやって、僕はその異変に気づいた。

床から伸びた白い腕、その先端から霧が出ていないのだ。代わりに細く白い煙が立ち上っている。――それは導火線についた火を連想させた。

「先生」

そう言った瞬間、ぼうっ、と音を立てて火が灯った。細い指に火が点いて、まるで本物の曼珠沙華のようだ。丸い火の華が床に落ちると、舐めるように辺りに広がっていく。

「上の人たちを逃がさないと!」

白煙はすぐに黒煙へと変わり、炎が壁や床を焼いた。

香月は黒煙が上っていく階段の上へと声を張りあげる。

「火事だ! 今すぐ逃げろ! 焼け死ぬぞ!」

すぐに大勢の悲鳴が聞こえたかと思うと、パニックになった妓女や客たちが我先にと階段を下りてきて、僕らになど目もくれずに外へ飛びだしていく。中には庭へ二階から飛び降りる客までいる始末だ。

台の後ろにいた女性も急に立ち上がったかと思うと、悲鳴をあげて外へ飛びだして行ってしまった。霧で昏倒していた人たちも目を覚ましたらしい。

どこかで火事を報せる鐘の音が鳴り、外は大変な騒ぎとなった。窓の外へ目をやると、燃えているのは晴元楼だけではないらしい。あちこちから火の手が上がり、空が赤く染まっているのが見えた。

「僕らも逃げないと巻き込まれます」

しかし、千代さんは八重さんの頭を胸に抱いたまま動こうとしなかった。涙を流したまま、僕らに向かって首を横に振る。

「私は此処に残るわ。姉さんだけを逝かせてしまうのは可哀想だもの」

その言葉に僕は激昂せずにはいられなかった。

「何を馬鹿なことを言っているんです。早くこっちに来て一緒に逃げるんですよ。煙に巻かれたらもう助からない」

「構わないわ。最初からこうするつもりだった。姉さんを殺して私も死ぬ。二人一緒に地獄へ行くの。春彦、あなたなら分かってくれるわよね」

開いた口が塞がらない。勿論、千代さんの気持ちが分からないではない。兄に何かあれば共に地獄へ行くと言ったのは僕自身だ。それでも彼女は生きなければ駄目だ。

目を閉じて、死んだ姉に頬を寄せる姿を見て、僕はもう殆ど諦めかけていた。姉と共に家族の元へ行きたいという彼女を説得するだけの言葉を、僕は持ち合わせていない。

「――千代さん。君は八重さんの最期の願いを無碍にするのか」

香月の言葉に、千代さんが顔をあげた。いつ炎に飲まれてもおかしくない灼熱の中、香月は穏やかな様子で頷いた。

「八重さんは自らの意志で祟り神となった。無念の中で死んでいった大勢の妓女たちを、そのままには出来なかった。同情ではなかったろう。彼女たちは八重さん自身でもあったからだ。己の事として、その胸に抱いた」

熱に溶かされた窓ガラスが砕け散った。このままでは僕たちまで焼け死ぬだろう。しかし、香月は言葉を割かない。

伝えるべき想いを過不足なく言の葉に乗せようとしていた。

「その結末がどんなものになるのか、聡い彼女なら知っていただろう。それでも自ら祟り神となったのは彼女自身の怒りだ。そして、それは彼女だけの決断なんだ」

熱に頬が焼ける。今にも着物に火が点きそうだった。

「それでも彼女はきっと、妹の未来だけは守りたかったんだ」

「……優しい姉さんだったの。本当に」

「そうだろうとも。だからこそ、君は君の役割を全うせねばならない。己自身で選び取った役割を果たす為に生きるんだ」

言葉に背を押されるように千代さんが立ち上がった。その瞬間、八重さんの身体が業火に包まれた。妹が離れるまで懸命に堪えていたかのように、炎は容赦なく横たわったかつての巫女を焼いた。

「ごめんなさい」

千代さんはもう手を姉へ伸ばさなかった。代わりに僕らの煤けた手を取って、外へと駆け出した。燃え落ちる寸前の郭を飛び出し、通りへと転がる。

「千代さん、髪が」

長い髪の先端に火が点いていたので、慌てて叩いて消す。三人ともあちこち火傷していた。

「とにかく此処を離れよう」

香月の言葉に頷き、他の避難者と共にどうにか遊郭の外へ出ると、ちょうど消防組の男たちとすれ違った。

野次馬を逃れて野原へ腰を下ろしてから、ようやく助かったのだと安堵の溜息を吐くことが出来た。

千代さんは紅蓮の炎に包まれた遊郭を前にして、幼い子供のようにいつまでも泣きじゃくっていた。

夜空を立ち上っていく緋色の花が、まるで桜の花びらのように見えた。

◇

新柳町遊郭で起こった大火は、近隣の消防組の男たちが総出で消火にあたっても朝まで時間を要したという。遊郭内の建築物の半数ほどが焼失、死者も数十人と多く、博多でも歴史に残る大火事となった。

奇妙だったのは焼死した全員が男性客で、妓女は軽傷を負った者も多数いたが、死者は一人も出なかったことだ。さらに捜査関係者の頭を悩ませたのは、晴元楼の焼け跡から女の左手の骨ばかりが見つかったことだった。そのことで晴元楼の楼主は警察から取り調べを受けたらしい。

身元不明の女性の遺体が一つだけ見つかった、と新聞の記事の最後に簡素にまとめられていた。

「あにうえ。なにをしているんですか」

居間で新聞を読んでいると、膝の上に冬子がやってきてちょこんと座る。六つの子供のお尻は骨が尖っているので足が痛んだが、涼しい顔をしておく。

「んー。ちょっとな。新聞で見識を広めているのだよ」

「見識ってなんですか？」

「物知りになる為の材料だよ。沢山、色んなことを知っておかないといけないから」

ふーん、と言ってから冬子が僕の頬へ視線を向ける。

「やけど。まだいたいですか？」

「少しだけ。でも、僕はまだいい方だ。なにせ、先生たちは入院したんだからな」

火事の直後、やってきた救護の人によって僕たちは病院へと向かうことになり、火傷の治療を受けることになった。香月と千代さんは入院、そしてどういうわけか、僕だけが奇跡的にも軽傷ということで、そのまま家へ帰されたのだった。

壁に叩きつけられた時には骨折くらいしていてもおかしくはないと思ったが、それほど酷い怪我をしていなかった所を見ると、八重さんは無意識の内にも加減をしてくれていたのだろう。他の大人たちに向けられていた殺意に比べて、明らかにそれは希薄だった。

あれから一週間。そろそろ香月が退院していてもおかしくはないのだが、あちらから一向に連絡がないので、自宅でこうしてまんじりともせず過ごしている。

当然のことだが、あの遊郭の大火以降、紙面を連日賑わせていた化物騒動はすっかりなりを潜めた。あれだけ大勢の犠牲者が出ていながら、もう人の口に上ることもない。

新聞を畳んでから、冬子の頭を撫でる。つやつやとした髪の感触、小さな頭が愛おしかった。くすぐったそうにしている妹の首筋を指でこしょぐっていると、玄関の方で声がした。はい、と声をあげて飛びだしていった秋彦の後ろを、飛び起きた冬子が追いかけていく。最近、下の二人が家にかかってくる電話や来客の対応をどちらがするかでよく争っていた。

暫くして駆け戻ってきたのは秋彦で、今年で十歳になる。大人しくて従順で妹想い。家族以外にあまり感情を出さない弟が、この時ばかりは年相応にはしゃいでいるように見えた。

「兄上、兄上。お客様がいらしてます。綺麗なお姉さんです」

お姉さん、と呼ばれるような年齢の知り合いはそう多くはない。おまけに秋彦も知らない相手となると、もう一人しか思い浮かばなかった。

「今行くよ」

玄関へ向かってみると、洋髪の女性が喪服に身を包んで立っていた。風呂敷に包まれた箱のようなものを胸に抱いて微笑んでいる。

「こんにちは。先生から住所を教えて貰ったから会いに来たの」

「髪の毛、切ったんですね」

「焼けてしまったから、仕方なくね。でも、気分転換になったわ。生まれ変わったみたいな気持ちよ。——どう？　似合うかしら」

　肩の辺りで切り揃えられた黒髪は、千代さんの顔立ちによく似合っている。以前よりもやや幼く見えるが、喪服を着ていても尚、その表情は晴れ晴れとしていた。

「ええ。悪くないんじゃありませんか？」

　僕が率直に言うと、千代さんがげんなりとした顔で僕を睨みつけた。

「呆れた。こういう時にはお世辞でもいいから、殿方は相手のことを褒めるものよ」

「僕に褒められて嬉しいのなら、そうしますけど」

「……それもそうね」

　心底そう同意するようにそう言ってから、千代さんが僕の服の裾を掴む。

「とにかく行きましょう」

「一寸待ってください。何処へ行くんです」

　慌てて靴を履く僕に向かって、千代さんは不思議そうな顔をした。

「香月先生の所に決まっているじゃない。私、ご自宅は知らないもの。案内してちょうだい」

「先生も退院していたんですね」

「ええ。みゆきさんから教えて頂いたから確かよ」

「そうでしたか。こっちには何の連絡も寄越さないので少し心配していました」

　靴を履いてから、おっかなびっくりこちらの様子を窺っている秋彦たちを手招きする。

「まあ、可愛い。弟さんと妹さん？」

二人とも照れくさそうに頷いてもじもじとしている。

「秋彦と冬子です」

「はじめまして。夕川千代です」

「ほら、ご挨拶して」

促してみたが、よほど恥ずかしいのか、僕の後ろに隠れてしまった。

「すいません。まだ人見知りをするんです」

「子猫みたいで可愛いわ。私も弟や妹が欲しかったな」

「千代さん。学生服に着替えてくるので、一寸待っていてください」

「その恰好でいいじゃない。和服も似合っているわ」

「先生に僕の私服を見せるのが癪なだけです。すぐ着替えてきますから」

僕はそう言って自室へ戻り、学生服へ着替えた。外套を羽織り、制帽を目深に被る。

玄関へ戻ると、多少は打ち解けたのか、二人は千代さんと親しげにしていた。

「お待たせしました。――二人とも。和室にいる父上に僕は香月先生の所へ出かけた、と伝えておいてくれ」

いつもなら元気に返事をする所だが、こくん、と恥ずかしそうに頷くばかりである。冬子の方はお姉さんという存在が珍しいのか、千代さんの手を離そうとしない。

「頼んだよ。それじゃあ、行ってきます」

家を後にしてから、とりあえず呉服町の電停まで二人で向かうことにした。

「話の途中でしたね。先生、もう退院しているんですか」

「ええ。あの先生ね、入院した翌日に周りの話も聞かないで無理矢理に退院したのよ。なんでも創作意欲が沸いてきたんですって。病院は騒がしくて我慢がならないって怒っていらしたわ」

理不尽にも程がある。病室に快適な執筆環境を求める方がどうかしているだろう。

「新作の妙案が浮かんだそうよ。本当に小説家という生き物はよく分からないわ」

思い返してみれば、元々は取材ということで始めたのだった。香月の探究心に巻き添えにされて、いつの間にかすっかり当事者となったが、最後まで見届けたいと決めたのは僕自身だ。

「突然出向いては執筆の邪魔になりませんか？」

「あら。私が何の為にこれを持ってきたと思っているの？」

敢えて今まで触れて来なかったが、中身は確かめずとも分かる。

「千代さんの外法箱ですか」

「ええ。――私ね、もう巫女を辞めようと思っているの」

頭のどこかでそうなるのではないか、という気はしていたので驚かなかった。歩き巫女もそうだが、公には禁止されている。占いといって誤魔化していても、いずれ限界が来るのは学生の僕にでも分かる。他の生き方が出来るのなら、そうすべきだ。

「そうですか」

電停の行列に並びながらそう言った僕のことが気に入らなかったのか、耳をぐいと引っ張られた。

「痛い痛い。なにをするんです」

「少し淡泊が過ぎるんじゃない？　もっと驚いてくれないと張り合いがないわ」

身勝手なことを言う。

「僕が千代さんと同じ立場でもきっと同じ事をしたと思いますから」

ちょうど電車がやってきて、行列が少しずつ進んでいく。ことのほか乗客が多くて座席に座ることが出来なかったので、手すりに掴まって千代さんの隣に立った。

「……春彦が私と同じ立場でも、結末は同じだったかしら」

「どうでしょうか。僕ならもっと悲惨な結末になっていたかも知れません。覚悟を決めることが最後まで出来ずに、その機会を失っていたかも。――その点、千代さんのことを尊敬しています」

僕の言葉に千代さんは寂しげに笑って、腕の中の外法箱へ目を向けた。

「二人には本当に感謝しているの。私ひとりだったなら、きっとああして見送ることも出来なかったわ。姿を消してしまった姉を探し続ける人生を歩んでいたかもしれない」

揺れる電車の中で僕たちは取り留めのない話をした。そうは言っても主に話をしていたのは千代さんの方で、僕はそれに相槌をするばかりだ。

やがて電車が終点の筥崎宮へ到着し、そのまま参道を進んでお詣りに行くことにした。

「御礼参りにずっと来たかったの。本当にお世話になったから」

そうして二人だけで筥崎宮へ参拝を済ませる。本当なら香月もいた方が良いのだろうが、こういうものは何度やってきてもいいだろう。

「何か神託はありましたか？」

礼拝が終わった千代さんに聞くと、可笑しそうに笑う。

「ええ。生意気な弟分の面倒を見るように言われたわ」

どん、と軽く体当たりをされて僕は顔を顰めた。

「どっちかと言うと、千代さんの方が妹みたいな気がするんですけど」

「ほんと生意気。そういうことは背丈が私を追い越してからにしてちょうだい」

「背丈は関係ないでしょう」

ふふっ、と楽しげに人気の少ない参道でくるりと回る。

「これからどうしようかしら。巫女を辞めるんだから、何か働き口を探さないと。洋食店で女給さんをやってみようかしら」

「そういうのは先生に尋ねてみるといいですよ。万年引きこもりですけど、妙に顔が広いですから。働き口の一つや二つ紹介するくらいなんてことはないでしょう」

博多なら働き口に困ることはない。それに千代さんほどの器量があれば、きっとすぐに良い人に見初められるだろう。

葦津家を訪ねてみると、千代さんが動揺した様子で僕の肩を引っ張った。

「どういうこと？　ここって先日お世話になった筥崎宮の社家よね？　専造さんのご自宅じゃないの？」

「さあ？　その辺りの詳しいことは知らされていないので」

「春彦。あなた、気にならないの？」

気にならないと言えば嘘になるが、僕も人に話すのは憚られる出自を抱えているので、他人のそれをおいそれと尋ねる気にはなれない。

「色々と事情があるみたいなので。面倒事に首を突っ込みたくないだけです」

僕はそう言ってから、冠木門を潜って玄関まで行くと、中へ向かって声をかけた。ややあってから応対に出てきてくれた女性に僕は胸を撫で下ろした。

「こんにちは。琴子さん」

「まあ、春彦さん。千代さんも。ご無沙汰しておりますね。お元気でいらっしゃいましたか？」

優しい声音に僕は苦笑した。香月からどの程度聞いているのか分からないので、具体的な話は避けておくべきだろう。

「おかげさまで、それなりに」

「ふふ。いつもご苦労様です。千代さんも、無事に退院されたようで何よりですわ」

「ありがとうございます。先日は大変お世話になりました」

普段のふてぶてしい態度を微塵も感じさせない、淑女然とした態度に僕は沈黙した。借りてきた猫とはこのことだ。

「琴子さん。香月先生はご在宅でしょうか」

「はい。坊ちゃまなら離れで執筆に励んでおられますよ。随分と集中していらっしゃるご様子で、取り憑かれたように机に向かっておられます」

「そうですか。でしたら、今日は日を改めます」

「それには及びませんわ。もういい加減に食事を摂って頂かないといけませんから。少しお待ちくださいね。どうぞ、お上がりください」

そうして通された客間で僕と千代さんは琴子さんが戻ってくるのを待つことにした。

「……ねぇ、春彦。香月先生っていったい何者なのかしら。只者ではないわよね」

「ただの変人じゃないことは確かですね。でも、まぁ、普通の虚弱な男ですよ」

千代さんには自覚がないのだろうが、ああして本物の神を我が身に降ろしてみせる彼女の方が只者ではない。

暫く待っていると琴子さんがひどく上機嫌な様子で戻ってきた。

「お逢いになります。食事も摂ると仰って。安心致しました」

そういえば寝食を忘れて執筆に没頭することもある、と話していたのを思い出す。

「御案内致します」

琴子さんに案内されて地下の通路を通って離れへと向かう。千代さんはやはり酷く驚いた様子だったが、もうあまり騒いだりはしなかった。

「奥の座敷でお待ちです」

以前通された場所とは違う、奥の座敷へ通された。

「失礼します。お連れ致しました」

琴子さんがそういって障子を開けると、二十畳ほどの座敷には所狭しと本が積まれて小さな都市のような景観を作り上げていた。壁には大きな本棚があるが、どれも既に本を収納するスペースはない。百冊、二百冊ではきかないだろう。いったいどれほどの蔵書があるのか、想像すらつかなかった。

そんな山積みの本の奥で、こちらに背を向けて文机にいる香月の姿が見えた。

「すまないが、ほんの少し待っていてくれ。間もなく、この章を書き終えるんだ」

香月の言葉通り、ものの数分と経たずに万年筆を机へ置くと、腰骨を立てて背筋をぐい、と伸ばした。それから酷く疲弊した様子で立ち上がると、ふらふらとこちらへやってくる。

「わざわざ訪ねてきてくれたのか。すまないな。もっと早くに電話をするつもりだったんだが、いつの間にか数日経っていたらしい」

「顔色が死んでいますよ。それと琴子さんにあまり心配をさせないでください。いい大人なんですから」

おまけに髪の毛の寝癖が酷い。この様子だと数日、風呂にすら入っていないのかもしれない。それでも不衛生さを少しも感じさせないのは同じ男として妬ましい。無精髭も生えていないのはどういう訳か。我が家の父上など三日も髭を整えないと、髭達磨のようになってしまうというのに。

「面目ない。いや、楽しくて、ついな。自分を追い込んでしまった」

「つい、で済ませられるんですか、それは」

ははは、と香月は力なく笑う。これでは入院前の方がよほど元気だった。

「千代さんも来てくれたのか。歓迎する。ともかく隣の座敷へ行こう。ここは足の踏み場もないからな」

香月に連れられて隣の座敷へ向かうと、大きな卓が中央に配置してある。香月は上座にある座椅子へと腰を下ろした。

「二人のおかげで新作を書くことが出来た。礼を言う」

「先生。私たちのことを本にするんですか？」

千代さんの責めるような一言に香月は首を横に振った。

「いいや。だが、参考にはさせて貰った。とある女学生の話にするつもりだ。構想そのものは数年前にあったんだが、人物像の輪郭を作ることが出来ずにいた。今回、モデルにしたというのなら、仲野氏ということになる」

仲野清二さん。自死を選んだ彼が、もし今回の結末を知ったならどう思うだろうか
「今回の事件で、私が最も関心を持った人物は他ならぬ彼だ。愛する女の罪から目を逸らすでもなく、肯定し続け、最後にはあの世で添い遂げんと首を括った男。彼のことを書くべきだと思ったのだ」

このご時世、女性の為に首を括って死んだ仲野さんは多くの人から詰られただろう。女々しいと酷評する身内さえいたかもしれない。

「……姉さんのことも書くつもりですか」

「勿論、あくまでモデルに過ぎないがね。帝都に住む悩める女学生と、彼女の家に仕える奉公人の話だ。古代に於いて巫女にはその身を守る存在がいたと私は考えている。卑弥呼の弟がそうであったように、その神性を守る存在が人知れずいた筈だ。——己の守るべき存在に殉じたその精神を現代に生きる若者に愛という形で反映させた」

千代さんは怒るだろうか、と少しだけ心配になったが、小さく溜息をついただけで怒りに触れた様子はない。

「その中で姉たちはどうなるのですか？」

「まだ未完成の作品なので詳しくは話せないが、八重さんの墓前に供えても恥じることのない物語となるだろう。悲劇にはしない」

「それなら、姉も喜んでくれるかもしれません」

「ふむ。よもや純愛を書くことになろうとはな。——それよりも千代さんが胸に抱いている包みの中の物が私は気になって仕方がないんだが、そろそろ教えて貰ってもいいかな」

千代さんが頷いてから包みを卓の上に置いて、結び目を解くと見覚えのある長方形の木箱が現れた。相当な年季が入っており、こうして目にしただけでも不穏な印象を受ける。

「先生。外法箱の中身に興味はありませんか？」

その問いには、疲労困憊の香月も息を呑んだ。

「そうか。千代さん、巫女を辞めることにしたのか」

「はい。姉にだけ罪を重ねさせて、自分だけ巫女として生きていくなんてことは出来ません。

歩き巫女としての夕川千代は姉と一緒に死にました。未練を断ち切って、外法箱を壊してしまおうと思って此処へ持参しました。どうせなら二人に見届けて欲しくて」

「そうか。そういう理由なら、喜んで見届けさせて貰おう」

「実は私も自分の外法箱を覗いたことはないの」

「珍しいことではないよ。こうした箱は中身を隠匿することで神秘を得る。秘匿することで霊力が増すのだ。箱の中身を見せるな、と師匠にも言われただろう」

「はい。この箱の中身を見られた時には巫女を辞める時だ、と」

不意に、中身を知ってしまう前に当ててみたくなった。

「ちょっと借りてもいいですか」

「ええ」

ありがとうございます、と礼を言ってから受け取り、箱を静かに揺らしてみると中で乾いたものが転がる音がした。以前もこんな音がしていただろうか。

「春彦。それね、鳴らす度に聞こえてくる音が違うの」

「そんなまさか」

試しにもう一度揺らしてみると、今度はたぽん、と液体が揺れたような音がした。

「…………」

もう触る気にはなれず、そっと卓の上へ戻す。

「……千代さんは呪術についてどれくらい師匠から聞いている？」

「それがあまり。私とは相性が良くないみたいで」

香月は何か言いたげではあったが、やがて口を閉ざした。

「それならばいい。――さて、では早速開けてみるとしよう。春彦、庭で開けてきてくれ。道具は適当に納屋から持ってくるといい」

どうして僕が、とも思ったが、こんな寝不足でふらついている人間に道具の扱いなど出来る筈がない。いや、例え万全の状態であったとしても固く閉じられた箱を壊せるとは思えなかった。

「少し時間を貰いますよ」

制帽と外套、それから学ランも脱いでしまう。シャツの袖を捲ってから縁側へ続く障子を開けて、沓脱にある雪駄を履いて庭へ降りる。

納屋らしき小屋の中には整理整頓された工具や農具などが所狭しと並んでいた。どう見ても香月が管理している物ではなさそうだ。

鋸や釘抜きを手に縁側へ戻ると、香月と千代さんが僕のことを待っていた。

「お願いだから怪我だけはしないようにね」

「これくらい僕にだって出来ます」

外法箱を預かって、よく観察してみると箱の蓋は釘で固定されているようだ。おまけに接着面は膠（にかわ）か何かで固着してあるらしい。

持ち運びが前提なので板そのものは薄いものを使ってあるようだが、丁寧に蓋を開けるのは難しいだろう。

納屋へ戻ってノミと木槌を手に取る。

左手に握ったノミの切っ先で狙いを定めて、右手の木槌で後ろを叩く為に構える。木目に沿う形で刃を入れるべきだ。立たせてから足で左右から固定し、改めて刃先を添える。

「千代さん。本当にいいんですか？」

「ええ。――お願い」

香月を見ると、促すようにゆっくりと頷いた。中にどれほど邪悪な呪物があるのか。息を呑んで覚悟を決める。

ノミの刃が見事に木目を捉えたのか、木槌で加えた一撃によって深々と箱の蓋を縦に断ち割った。ぱかん、と軽快な音が庭に響いたかと思うと、箱の中から黒い毛を持った何かが勢いよく飛びだした。

「うわっ」

思わずバランスを崩して尻餅をついてしまった僕の目の前で、それは矢のような鋭さで庭の茂みの中に逃れる。

よく見ると、それは一匹の異様に大きな黒い犬だった。瞳が赤く、鋼のような光沢のある硬い毛が木漏れ日を弾いている。その視線の先には千代さんの姿があった。

千代さんは縁側から裸足のまま降りると、黒犬の方へと静かに近づいていく。

そうして土の上で膝をつき、手をついてから額を地面へと叩頭した。

「今まで力を貸してくださって本当にありがとうございました。生きる術を他に持たなかった私たち姉妹のことを守ってくださったことは死ぬまで忘れません。――どうぞ、あなたも自由になってください」

千代さんがゆっくりと顔を上げる。黒犬は眩しそうに目を細めて踵を返したかと思うと、忽然と見えなくなってしまった。

「春彦。それを丁重に拾い上げてくれ」

香月が指差した先、蓋が割れて転がった外法箱の傍に、拳ほどの大きさの白い骨が無造作に転がっていた。そっと拾い上げると犬の上顎のようで光沢のある犬歯が美しかった。よく見ると、箱の中には針金のように黒い毛と、真っ赤に染まった御札のようなものがあった。

「……箱の中のものには触らない方が良さそうですね」

香月は心得ていたように頷いて、こちらで荼毘に付す、とだけ短く告げた。

千代さんは立ち上がってから喪服の裾を手で払うと洟を啜る。泣いているようだが、その胸中を僕は計りきれずにいた。きっと僕が聞かされていた以上の苦難があったのだろう。そして、その中にはあの外法箱がなければ乗り越えられなかったものもあったに違いない。

「千代さん」

香月の声に、千代さんは涙を拭って返事をする。

「はい」

「これは君が持っておくべきだ」

手渡された骨をハンカチで包み、恭しく押し戴いた。

「ありがとうございます。いつか姉の墓が完成したなら一緒に埋葬しようと思います」

「そうか。八重さんの遺体のことなんだが、知り合いの刑事に話を通してある。君が入院している間に荼毘に付されたそうだが、遺骨は警察で保管してある」

「何から何まで本当にありがとうございます。春彦も改めて御礼を言うわ。命の恩人よ。二人への恩もずっと忘れないわ」

命の恩人というのは、いかにも大袈裟だ。

「千代さん。君はこれからどうするか、何か具体的な考えはあるのかい」

「どこか奉公先を見つけて働こうと思っています」

「そうか。どこか私の伝で奉公先を見つけてみよう」

計らずも香月がそう言い出したので、僕は胸を撫で下ろした。

「いいえ、それには及びません。自分で見つけます」

「ほう。それはどうして？」

「姉ならきっとそうしたと思いますから。人様から施しを受けるな、といつも厳しく言いつけられていたので」

千代さんの考えは立派なものだと思うが、十六歳の少女が働ける場所がどれほどあるだろうか。

「無謀だな。後見人もなく、地縁のない子供が生きていけるほど世間は甘くない。君の決意は立派だが、八重さんはそんなことは微塵も願ってはいないだろう」

　香月はそう言うと、ふらふらと立ち上がって廊下へ出るとすぐに戻ってきた。そうして取ってきたであろう封筒を千代さんの前に差し出す。

「これは？」

「今回の取材に対する謝礼だ」

「……受け取れません」

「何故だ？　これは施しなどではない。君たちへ支払われるべき当然の対価だ」

「でも」

「千代さん。君がこれからの人生に於いて第一の目標とすべきはなんだろうか。私が思うに、それは八重さんの願いを果たすことではないか」

「そうです。だから自分ひとりの力で生きていかないと」

「違う。八重さんの願いはたった一人の妹が幸せになることだ。それに比べれば他のことなど些末なものだ。得体が知れない小説家から取材料として金銭を受け取ることになんの不都合があろうか」

　ははは、と僕は香月の言いように思わず笑ってしまった。

「自分のことを得体が知れないって。自覚があるんですか？」

「世間知らずという自覚ぐらいはある」

「千代さん。受け取っておけばいいじゃないですか。まっとうな報酬ですよ」

「悪いわ。こんな大金」

「それをどう使うかは君次第だ。好きに使うといい」

千代さんは軽く握った手を唇に当てて、少し考え始めた。僕のように親の臑をかじっている子供には分かりようのないことだ。

「先生。一つお願いをしても構いませんか」

「いいとも」

「報酬というのなら、私を女学校に入れて頂けませんか？　職業婦人の道を目指して勉学に励み、少しずつにはなってしまいますが、このお金は将来必ずお返ししますので」

なるほど、と香月は少し楽しげにそう言って、袂（たもと）からもう一つの封筒を差し出した。

「誤解をしないで欲しいのだが、これは君のものではない。八重さんへの謝礼だ。——そして今、八重さんから君が将来返す分を頂こう」

そう言って封筒を袂へと戻した。

「さぁ、これで返済は完了した。存分に励むといい」

千代さんは言葉もなく、ただ呆然としていた。

そんな彼女の気持ちが、僕には痛いほどよく分かる。自分が得られないと諦めていたものを手に入れられると分かった時、人はどうしようもなく戸惑う生き物だ。

「後見人は葦津家がすれば問題はないだろう。私から話を通しておこう」

でも、と千代さんは言葉を漏らしたが、やがて覚悟を決めたように首を縦に振る。そうして堪えきれないように涙を溢した。

「香月先生。ご厚情に感謝します」

「礼には及ばない。君と八重さんの物語に関わらせて貰った経験は本来なら金銭に換えられないものだ。だから君が気負う必要などないのだよ」

千代さんが感極まったように何度も頷く。

満足げな様子の香月と目が合い、思わず口を尖らせる。こいつは最大の功労者を忘れてはいまいか。

「春彦も助手としてよく働いてくれた。お前がいてくれなければ、私は最後まで見届けることが出来なかっただろう」

「もっと褒めてくださってても構いませんよ」

奉公人であっても讃辞は大切だ。事実、僕は今回大変よくやったと思う。

僕も縁側へ上がったところで、ちょうど琴子さんが食事を持って座敷へやってきた。お盆の上には僕たちの分まで料理が用意してある。

「宜しければ春彦さんたちもお召し上がりください。その方が坊ちゃまも沢山お召し上がりになりますから」

「琴子、余計なことは言わなくてもいい」

「ありがとうございます。ご相伴に預かります」

ふ、と庭に誰かが立っているような気配がして振り返る。

しかし、そこには誰も見えない。風に吹かれて木の葉が舞い落ちているばかりだ。いや、僕の目には見えないというだけなのかも知れないけれど。

結

今年の桜は例年よりも、ほんの少し早く満開を迎えた。白雲のように咲き誇る一面の桜が息を呑むほど美しい。風が吹くたびに花弁が舞い散っていく。

暖かな春の柔らかい日差しの下、香月の希望で西公園へ花見に来ていた。

「わざわざこんな場所まで足を延ばさずとも花見くらい出来るでしょうのに」

「玄界灘（げんかいなだ）を眺めながら花見が出来る場所などそうはあるまい」

確かに青く煌めく海を眺めながら花見が出来るのは悪くない。しかし、西公園は学校からも近いので知り合いに見られるのではないかと気が気ではなかった。

香月は上機嫌に酒器から盃へ酒を手酌し、実に美味しそうに飲み干していく。

「案外、顔に出ませんね。てっきり下戸かと」

「酒は神への捧げ物としては至上の物だ。飲めなければ始まるまいよ」

「なんの話ですか。いきなり」

見た目ではよく分からないが、それなりには酔っているらしい。尤も、周囲のあちこちで酒宴が行われているので、素面でいる大人の方が少ないくらいだ。四方八方から黒田節が聞こえてくる。

「酒くらい注ぎますよ」

「無用な気遣いだ。お前は団子を食べていなさい」

そう言われたので、僕は串にささったみたらし団子を頬張る。支払いは当然、香月によるものなので五本も注文してしまった。もちろん一本も譲る気はない。

花見といえば団子だろう。油紙に入った団子を一本手に取って、制服に垂れないように注意して齧りつく。醤油と砂糖の甘みが焼いた餅の香ばしさと相まってなんとも堪らない。

「味はどうだ」

「美味いですよ。麓で買ってきた甲斐がありました」

「団子といえば鷲尾愛宕神社（わしおあたごじんじゃ）の参道にある岩井屋の甘味が絶品と聞くが、春彦は行ったことはあるか？」

「いいえ。初めて聞きました」

「元禄二年創業というから歴史のある甘味処だ。元は旅籠屋（はたごや）だったそうだ」

「それは取材すべきですね」

「鷲尾愛宕神社は福岡でも随一の歴史を誇る。第十二代景行天皇（けいこうてんのう）の御代に始まり、当時は鷲尾神社といったという」

「それってどれくらい前の話ですか」

「およそ千八百年前のことだな」

スケールが大きすぎて全くピンとこないが、ともかく立派な神社の下に素晴らしい甘味処があるということは理解できた。

「景観が素晴らしいと話だけは散々聞いていたから、一度は参拝してみたいと幼い頃から思っていたのだ」

「山の上にあるんでしょう？　それならもっと体力をつけないと。こんな小さな丘で息も絶え絶えになっていたら、そんな鷲尾山なんて登れませんよ」

箱崎から西公園の電停までは軌道でやってこられたが、そこから先は徒歩で来なければならない。けれど、香月が歩くのを嫌がるので人力車で中腹までやってきたのだ。それだというのに、ここまで来るだけで香月はすっかり息を切らしていた。

「やはり虚弱すぎます。もう少し身体を鍛えた方がいい」

「作家に体力などいらん」

子供のようなことを言う。

「いやいや、何事も体力は不可欠でしょう。——まぁ、でも。あちこちこうして出歩いていれば自然とついてきますよ」

あれから一ヶ月も経っていないが、香月は新作を無事に書き終えた。脱稿する直前、書き上がったばかりの原稿を僕は香月に言われて読ませて貰ったが、不覚にもその結末には涙が出た。きっと、本になった物語を手に取った人も僕のように涙を流すだろうし、あの物語に触れて救われる人が大勢いるのだと思う。

少なくとも僕は八重さんと仲野さんの魂が救われたように感じた。

「そういえば千代さんは無事に入寮できたそうですよ。手紙が来ました」

「ああ。私の所にも手紙が来たが、真面目な子だな。それに綴る文章になんとも言えない味がある。磨けば光るかもしれない」

「作家にするつもりですか？」

「それは彼女次第だろう。春彦、お前と同じだ。何にでもなれる。本人が望み、努力さえ怠らなければ」

香月はどこか誇らしげな笑みを浮かべて彼方の水平線を眺める。

そうだ。そういう環境に自分たちはいるのだ。自分が享受している今の環境は当たり前ではない。そのことを僕たちはもっと自覚すべきだ。

「春彦。千代さんに会えないのは寂しいだろう」

「いいえ。そんなことよりも女学校の友人達を沢山作って貰いたいですね。学生生活を満喫してほしいと思います。——それが八重さんの願いでもありますし」

「そうだな。なに、同じ土地で生活をしているんだ。これから先も顔を合わせることはあるだろう。折角結んだ縁だ。大切にしなければ」

「学園生活もあるし、放っておくべきでは？」

「縁というものは油断していると、いつの間にか解けてしまうものだ。結んだままでいられる努力は双方にとって不可欠なのだよ」

香月はそう達観したように言ってから、また盃に酒を注いで口にした。

「一期一会、出逢いには何かしらの意味がある。彼女たちとの出逢いもそうだし、私たちもまた然りだろう」

縁を結んでおく努力、と香月は言った。これまでの僕はどちらかといえば、来る者は拒まず、去る者は追わずという姿勢で生きてきたが、少し勿体なかったかも知れない。

「さて、春彦。次はどんな不可思議を追いかけようか」

「お供しますよ。一応、僕は先生の助手ですから」

そう言ってどちらともなく、酒杯と水筒で乾杯する。

これから目の当たりにしていくであろう様々な出来事でも、結ばれる縁はあるのだろう。そう思うと少しだけ気持ちが弾む。


海から吹きつける柔らかい潮風に花弁が舞う。

枝で遊ぶ鶯が春を讃えるように声高に鳴いている。

新しい四季と、生活を目前にして誰もが期待に胸を膨らませる。

春は、始まりを告げる季節だ。

了

あとがき

『明治』が文明開化の時代であるとしたなら、『大正』は文化が花開いた時代と言えるのだろう。国家に替わって個人が重んじられるようになり、自由が叫ばれるようになった。モダンガールが生まれ、洋食が庶民にも浸透し、家族が食卓を囲むという新しい価値観が誕生した。

この時代の平和が束の間のものであるということを、後世の私たちは知っている。後の日中戦争、太平洋戦争という大きな時代の流れに日本国民は巻きこまれていくのだが、そうした嵐の前の静けさとでも言わんばかりに大正時代は平和だった。

そんな時代の博多を舞台に、文豪の青年と、自らを鬼子と蔑む少年を物語の主人公にした。この作家は本当にバディものが好きだねぇ、と呆れる読者も多くいらっしゃるかもしれないが、この大正浪漫を感じさせる博多を舞台に活躍する二人が思い浮かんでしまったのだから仕方がない。また難儀なものを書くことになるな、と頭を抱えたのは他ならない私自身だ。

この思いついた物語の種に水を与えるべく、博多の街をあちこち散策して取材することにしたのだが、いざ実際に歩いてみると当時の面影が残っている場所もあれば、開発が進んでしまい、綺麗さっぱり跡形もないという場所も多かった。

特に変化著しかった天神界隈は再開発の影響が大きく、作中にも登場した炭鉱王の伊藤伝右衛門が若き妻、柳原白蓮の為に建てたという『銅御殿』も、現代は塀の一部が辛うじて残っているだけである。伊藤ビル（このビルの所有者は伊藤伝右衛門の子孫だそう）の後ろに赤煉瓦の塀があるので、興味のある方は見に行くのも良いかもしれないが、きっと私のように肩透かしを食らうだろう。

対照的に現在の清川にあったという新柳町遊郭の雰囲気というのはなんとなしに残っていて、今は宿として使われているが、元は遊郭だったらしい建物も現存していた。

当時の地図を見てみると、よくもこんな僻地に遊郭を移転させたな、と思わずにはおれなかった。その周囲には民家も疎らで、畑ばかりが広がっている。夜の薄暗い闇の中に浮かび上がるように幻想的な明かりが見えたに違いない。けれど端から見ればどんなに美しい場所であったとしても、働いている遊女たちにとってはどうだったのだろうか。苦海と呼ばれた場所で生きていた彼女たちが、どのような扱いを受けていたのか。それについてはここでは割愛する。

ただこの福岡市中央区の清川には、奇妙なロータリーがある。

およそロータリーなど必要がないような場所に作られており、中央部分は古井戸をコンクリートで埋めた状態になっているらしい。何の為にそんなことをしたのか。それは、この話を教えてくれた先輩曰く、清川で育った人間ならば皆、一度は聞いたことがあるぐらい有名なのだという。

そこはかつて大門通という地名だったそうだ。件の古井戸は、そこで亡くなった遊女や病気になった遊女を、投げ落としていた所なのだという。近代化が進むにつれ、井戸を退かそうとする動きが何度もあった。けれどその度に怪我をする人が後を絶たず、今の「井戸を避けて道ができた」という形になったらしい。

あくまでも地元に残る都市伝説の類いであるが、今なお語られる程、非業の死を遂げた女性が大勢いたのだろう。

今回の物語のテーマを『復讐と弔い』に決めた瞬間でもあった。


さて、今作の『文豪は鬼子と綴る』という名にもあるように、この作品は香月蓮と瀬戸春彦という二人によって牽引される。彼らは互いにとてもよく似ている部分もあり、欠けている部分を補う合う相手ともなるように描いたつもりだ。

特に香月蓮という男は謎が多い。生い立ちから何からふわふわと謎に包まれている。是非とも読者の方には、助手である春彦と同じ目線で、この浮雲のような文豪のことを追いかけてもらいたい。彼の素性はシリーズが続いていけば開示する予定だが、私の予想だと一人か二人くらいは今作の設定や会話などから看破する読者が現れるかもしれないと思っている。

そして主人公の瀬戸春彦。彼は生意気な少年で歯に衣着せぬ物言いをしているが、香月蓮にとってなくてはならない助手である。香月連というキャラクターを補完する為に誕生した彼は香月に負けず劣らず、難儀な生い立ちを持つ。そんな彼だからこそ、香月が心を開くことができたのだと思っている。

何の本だったか。大正時代の人間の精神年齢は平成以降の実年齢の一・四倍程度だという。

それを元に考えると春彦の精神年齢は今でいう十九歳あたりであり、香月の歳とほぼ同年齢となるのだから面白い。平均寿命が五十歳に満たないと言われた大正の時代を生きた春彦が、少しでも早く大人にならなければならない、と背伸びしているのは当然のことだったのかもしれない。

余談にはなるのだが、今作を書くにあたり、実は一番頭を悩ませたのは何処まで正確に大正時代を描くか、という点にあった。可能な限り、時代の空気感を再現したつもりだが、話し方や言葉遣いなどは現代の人が聞いても違和感を覚えない程度に調整することにした。なので、時代考証の観点は一旦脇に置いていただき、物語の世界に没入してもらえたら幸いである。

実際、二人の物語を紡ぎながら大正時代の地図を眺め、当時の博多の街を香月と春彦の二人が歩き回る姿を想像するのはとても愉しかった。

私はあの時代の浮き足立つような、享楽的で消費的な雰囲気が好きだ。

しかし、輝かしい文化の眩さ。その足元に落ちた影にこそ怪異は宿ると私は思う。

この世間ずれした若き文豪が、自らを卑下する幼い鬼子に手を引かれて、これからどんな物語を綴っていくのか。

是非、その目で確かめてもらいたい。

令和七年三月　　　　　　　　　　　　　　　　嗣人

文豪は鬼子と綴る

2025 年 4 月 7 日　初版第一刷発行

著者…………………………………………………………………………………………………嗣人
装画………………………………………………………………………………………ホノジロトヲジ
装幀…………………………………………………………………坂野公一＋吉田友美（welle design）
本文 DTP…………………………………………………………………………………GLG 補完機構
地図制作……………………………………………………………………荻窪裕司 (design clopper)

発行所……………………………………………………………………………株式会社　竹書房
〒 102-0075　東京都千代田区三番町 8-1　三番町東急ビル 6F
email: info@takeshobo.co.jp
https://www.takeshobo.co.jp
印刷・製本……………………………………………………………………中央精版印刷株式会社